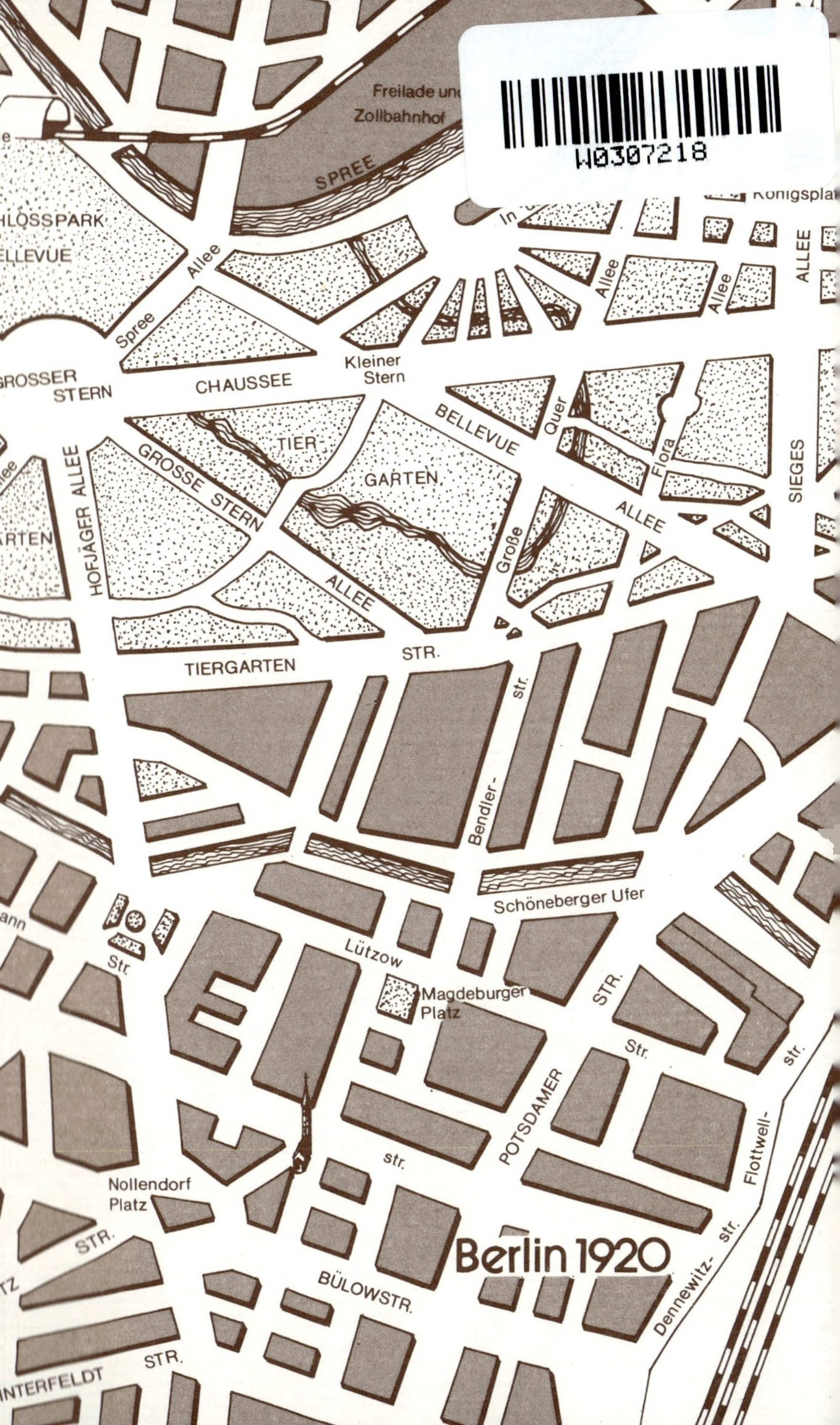

Zollbahnhof
SPREE
Allee
Spree
GROSSER STERN
CHAUSSEE
Kleiner Stern
BELLEVUE
Quer
Flora
ALLEE
SIEGES
ALLEE
Allee
Allee
TIER
GARTEN
GROSSE STERN
HOFJÄGER ALLEE
ALLEE
Große
TIERGARTEN
STR.
Bendler-
str.
Schöneberger Ufer
Lützow
Str.
Magdeburger Platz
STR.
Str.
POTSDAMER
str.
Flottwell-
str.
Nollendorf Platz
STR.
BÜLOWSTR.
Dennewitz-
str.
STR.
Berlin 1920

Adolf Sommerfeld

Die Tanzdiele am Kurfürstendamm

Krimi
aus dem dunklen Berlin

EDITION
SCHEUNENVIERTEL

ISBN 3-355-01399-4

Umschlaggestaltung: Ingrid Engmann
Lichtsatzherstellung: Nationales Druckhaus GmbH, Berlin
Lithographie: SWS Repro GmbH, Wiesbaden
Druck und buchbinderische Weiterverarbeitung:
Chemnitzer Verlag und Druck GmbH, Werk Zwickau

Tanz und Tod

Rhythmische Klänge gedämpfter Geigenmusik und die dumpf hämmernden Töne eines Klaviers durchdringen, vom Hintergrunde her sich durch die dicke Luft wälzend, den Tanzraum der Diele am Kurfürstendamm.

Den ganzen Tag bis zum späten Nachmittag ist das Kaffeehaus fast menschenleer. Nur ein Unkundiger verirrt sich hier gelegentlich und vorübergehend, um in aller Eile einen Imbiß oder ein Getränk zu genießen.

In der Konditorei, dem Vorderraum des Lokals, sind die Stühle beinahe bis zur Mittagsstunde auf die Tische gestellt, um die Säuberung, die auch erst am späten Morgen beginnt, besser und schneller erledigen zu können.

Die einzige weibliche Person, die außer der Reinemachefrau hier um diese Zeit anzutreffen ist und sich zumeist mit dem Putzen der metallenen Zierate des Büfetts beschäftigt, versieht auch zugleich, falls erforderlich, den Dienst einer Kellnerin, ohne dem seltenen Vormittagsgast besonders liebenswürdig zu begegnen.

Der anschließende Tanzraum, den man eigentlich

als Diele bezeichnet, ein geräumiger Saal, macht trotz seiner mit viel Absicht und wenig Geschmack herausgeputzten Inneneinrichtung einen öden und verträumten Eindruck. Die Stühle und Tische an den Wänden wirken wie in Reih und Glied aufgestellte Attrappen, und an den hohen Fenstern, die langen seidenen Vorhänge, die auf dem Parkettboden schleppen, scheinen im Schlaf herabstürzen zu wollen, um den ganzen, im Dämmerlicht schlummernden Saal wie mit einem Bettuch zuzudecken.

Von fünf Uhr ab sieht es hier anders aus. Allmählich füllt sich die Konditorei. Vor dem Eingang zur Diele wird eine Garderobe errichtet. Eine dicke Frau mit einer schlanken Gehilfin treffen geschäftig alle Vorbereitungen, und bald ist der Betrieb denn auch in vollem Gange.

Lachend und scherzend treten die jungen Paare heran, modisch gekleidet bis auf die neuesten Farben der durchsichtigen Strümpfe und die letzte Form der lackierten Schuhspitzen, werfen Mäntel und Hüte auf den Garderobentisch und schlüpfen Arm in Arm oder sich zärtlich umfassend in die Diele. Andere wiederum folgen wortlos, blasiert, mit gleichgültiger Geschäftsmäßigkeit.

Außer den Stammgästen, deren Gewohnheit oder Bedürfnis es ist, hier am Nachmittag bis zum späten Abend oder gar die halbe Nacht hindurch das Tanzbein zu schwingen, finden sich die verschiedensten Gesellschaftskreise und merkwürdige Gestalten der Großstadt ein.

Zu dem Stammpublikum der Diele gehören die jungen Leute des Westens, die mangels anstrengender Tätigkeit und durch die Wohlhabenheit der Eltern zum Müßiggang gezüchtet, sich in sogenannter anständiger Gesellschaft beim Flirt und Tanz die Zeit angenehm und nach ihrer Ansicht standesgemäß vertreiben wollen. Hierzu gesellen sich auch nicht selten die wohlbeleibten und bis zur menschlichen Unkenntlichkeit aufgetakelten weiblichen Verwandten solch moderner Jugend, die an dem „Vergnügen" der tanzlustigen Angehörigen bei guten und teuren Leckereien ihre eigene Langeweile verscheuchen und dem blutleeren Gehirn eine gewisse Anregung verschaffen wollen.

Und wenn sich auch einmal die Herren Väter oder männliche Verwandte älteren oder ältesten Jahrganges entschließen sollten, ihre Ehehälften oder überreife Familiendamen hierher zu begleiten, dann ist wohl mit Sicherheit anzunehmen, daß dies nicht aus Ritterlichkeit den Damen gegenüber geschieht, auch nicht aus Interesse für die Tanzbeine der jugendlichen Familienmitglieder, sondern zumeist in der Absicht, hinter dem breiten Rücken der holden Gattin, Schwägerin oder Schwiegermutter mit einem niedlichen und meistens nicht gerade spröden Mädelchen anzubändeln.

In solchen Venuspriesterinnen, von der früh verdorbenen Sumpfpflanze der Großstadt bis zur raffiniertesten und anspruchsvollsten Kokotte, fehlt es in keiner Tanzdiele, nur mit dem Unterschied, daß hier - im Gegensatz zu den Ballokalen der Halbwelt - unter der Maske vornehmer Bürgerlichkeit der äußere Schein gewahrt bleibt.

Und wo diese Dämchen aus dem Norden und Osten der Stadt, hier westlich frisiert und übertüncht, auftreten, schmuggelt sich auch der ganze

Troß der notwendigen Gefolgschaft dieser edlen Zunft ein: Taschendiebe, Schieber, Schwerverbrecher und andere Trabanten lichtscheuer Art, die in irgendeiner Form aus dem luxusgewohnten Kreis der sogenannten guten Gesellschaft ihr eigenes Profitchen ohne Rücksicht auf Anstand, Gesetz oder Gefährlichkeit ergattern wollen.

Außer diesem bunten Gemisch der Dielenfreunde und deren Anhang erscheinen hier auch gelegentlich solche Personen, die sich aus Neugierde und Wissensdrang den Betrieb ansehen möchten und, wenn die Stimmung die Lust in ihnen weckt, auch wohl selbst ein Tänzchen wagen.

Es sind dies meistens Leute, denen das Treiben in der Großstadt noch ziemlich unbekannt ist und die aus demselben Grunde auch die Gefahren nicht kennen, die hier auf sie lauern. Schon mancher Provinzler ist aus Neugierde in eine solche Tanzdiele geraten und hat, von einem reizvollen Dämchen umgarnt, den Weg zu einem ordentlichen und geregelten Leben nie wieder zurückgefunden.

Klavier- und Geigenklänge durchwogen die Tanzdiele.

Die von der Decke herabhängenden, mit buntseidenen Schirmen abgeblendeten Lichter verbreiten ein mystisches Halbdunkel.

Kleine, rot-beschirmte Lämpchen an den Wänden erhellen nur mäßig die mit bunten Tüchern gedeckten Tische.

Überall leuchtende Farben, aber die ganze Umwelt in Dämmerung und traumhaft-phantastische Unbestimmbarkeit der Dinge getaucht.

Auch die Menschen, die sich nach den weichen,

unaufdringlichen Klängen dieser Musik im Kreis bewegen oder mit sonderbaren Gebärden einherschreiten, sind wie von einem nebelhaften Schleier bedeckt, der die schwarzen Herrenröcke und bunten Frauenkleider zu einem durcheinanderwirbelnden Gemisch unbestimmbarer Farbentöne gestaltet.

Und dieser lautlosen, alle Grellheit meidenden, dumpfen und abgedämpften Atmosphäre, die nur durch den Rhythmus der weichen Klänge leise erzittert, entspricht auch das schweigsame, selten durch Flüsterworte unterbrochene Benehmen der Tänzerpaare.

Alles dreht und wiegt sich oder schreitet spukhaft im Dämmerschein durcheinander, als ob kein Laut von diesem Getriebe durch die verhängten Fenster in die Öffentlichkeit dringen sollte. - Nur wenn die Tür sich öffnet und wieder schließt, dringen die Stimmen der Konditoreigäste kurz und kreischend in die Tanzdiele.

Während der Musikpausen verändert sich die freudlose Ruhe und Traumhaftigkeit nur wenig. Die Tänzerpaare haben zwar zum größten Teil an den Tischen Platz genommen, aber die Unterhaltung wird dennoch nur im Flüsterton fortgesetzt, als ob es gelte, die geweihte Stille des im Halbdunkel gähnenden Tanztempels nicht zu durchbrechen, und nur das leise Erklingen der Tassen, Teller und Löffel gibt der Vermutung Raum, daß die scheinbar schemenhaften Gestalten leiblichen Genüssen nicht abgeneigt sind.

Sogar die beim Flirten ausgetauschten Zärtlichkeiten der Liebespärchen sind gemessen und von gedämpfter Leidenschaft.

Lautlos huschen die Kellner vorüber, durch schmale Gänge, die von den Zuschauern und Tänzern in einer gewissen Feinfühligkeit und mit gesellschaftlichem Anstand freigegeben wurden.

Immer neue Gäste kommen hinzu. Die Konditorei ist so stark besetzt, daß selbst der wohlbeleibte Eigentümer des Lokals, mit dem roten Mondgesicht und den gestriegelten grauen Haaren, bedienen muß, weil es dem Kellner, in weißer Jacke und Schürze, und dem Aushilfsmädchen nicht möglich ist, die Bestellungen der Besucher und Besucherinnen mit der gewünschten Schnelligkeit auszuführen.

Im Gegensatz zu dem fast melancholischen Gepräge der Tanzdiele herrscht hier in dem kleinen Vorderraum ein überlautes Treiben. Das Stimmengewirr und Gekicher, das laute Verlangen nach Kuchen, Getränken und Zigaretten, das Klappern des Geschirres, der metallenen Becher und Schalen, die kreischende Stimme der Büfettdame, die alle Bestellungen nach der Küche weitergibt, und andere unbestimmbare Geräusche entwickeln sich allmählich zu einem unbehaglichen Getöse.

Kein Stuhl ist mehr zu haben. Die neuen Gäste blicken sich forschend um und verschwinden kurz entschlossen nach Abgabe der Garderobe in der Tanzdiele. Andere durchschreiten rücksichtslos und schnellen Ganges die Konditorei, selbst auf die Gefahr eines Zusammenstoßes mit den Gästen und der Bedienung, und sie betreten mit der Selbstverständlichkeit eines Stammkunden den Tanzraum, - obwohl sich gerade unter der Eilfertigkeit die Scheu des Anfängers verbirgt, vielleicht erkannt und - verkannt zu werden.

Zu diesen noch Unkundigen gehören auch solche Gäste, die ohne Aussicht auf Sitzgelegenheit und aus Schamgefühl, ohne etwas zu verzehren das Lokal verlassen wollen, sich an das Büfett stellen und bei dem Schlemmen von Süßigkeiten mit sich selbst oder ihrer Begleitung zu Rate gehen, ob man es wagen solle, sich den Tanzrummel einmal anzusehen.

Im allgemeinen ist ein zustimmender Beschluß bald gefaßt; aber es gibt auch noch genug Großstadtbummler, die sich bei einer solchen Zumutung mit verächtlicher Miene abwenden oder, schon durch die unerwartet hohen Preise in der Konditorei gereizt, auf jedes weitere „Vergnügen" verzichten.

Draußen peitscht der Wintersturm Graupelschauer klatschend ans Fenster und bläst eine eisige Luft durch die Fugen.

Mit hochgeklappten Kragen und durchnäßten Kleidern, die Gesichter gerötet, betreten die Gäste mit ihren fröstelnden Damen eiligst die Konditorei und lassen jedesmal durch die rasch geöffnete Tür einen unangenehmen, feuchtkalten Windhauch herein. Tanzpaare wiederum kommen aus der Diele, hüllen sich dicht in ihre Mäntel und erspähen hinter der zurückgeschobenen Gardine des Ausgangs ein vorüberfahrendes Auto, um im geeigneten Augenblick die Tür heftig aufzureißen und mit lautem Hallogeschrei hinauszustürzen. Manchmal entwikkelt sich auch ein wahrer Wettlauf nach dem rettenden Gefährt, wenn die gleiche Absicht von vielen Fahrbedürftigen geteilt wird.

So geht es dauernd ein und aus, wie in einem Taubenschlag. Immer wieder neue Ankömmlinge und müde oder animierte Pärchen, die den Heimweg antreten oder noch ein anderes Lokal aufsuchen möchten.

Unter diesen neuen Gästen befindet sich auch eine junge Dame, deren ganze Erscheinung darauf hindeutet, daß sie nicht zu dem alltäglichen Kreis der Dielenbesucher gehört. Sie ist einfach und in ein vornehmes dunkles Kostüm gekleidet, dessen Wert durch einen prächtigen Persianerkragen erhöht wird. Die braunen Haare sind unter dem Hut aus gleichem Pelz glatt nach hinten gekämmt und dort zu einem üppigen Knoten gewunden. Aus den ovalen Gesichtsformen mit der schmalen Nase blicken zwei große blaugraue Augen verwundert auf das sonderbare Getriebe um sie herum, und lächelnd spricht sie einige Worte zu ihrem Begleiter, dem man sofort die amerikanische Herkunft ansieht.

Im Gegensatz zu der schlanken mittelgroßen Gestalt seiner Dame ist der Herr, ein Mann in den dreißiger Jahren, von stattlichem Wuchs, mit breiten Schultern und einem sportgebräunten Gesicht, dessen ausgeprägte, etwas harte Züge den berechnenden, aber zugleich auch entschlossenen und korrekten Geschäftsgeist verraten. Das breite Lachen, mit dem der Herr die Anrede seiner Begleiterin erwidert, zeigt zwei gewaltige Zahnreihen mit einigen grell aufblitzenden, schwergoldenen Ersatzteilen. Die Antwort muß belustigend gewesen sein, denn auch die Dame kann sich des Lachens nicht mehr erwehren. Durch die Aufmerksamkeit, die das Paar auf diese Weise bei der eng aneinandergepferchten Nachbarschaft erregt, wird der Herr etwas verlegen und fährt mit der rechten Hand in das straff gescheitelte blonde Haar, wodurch sein Aussehen etwas Verwegenes bekommt.

In der richtigen Erkenntnis, daß ein weiterer Aufenthalt in der überfüllten Konditorei weder gemütlich noch zweckmäßig sei, entschließen sich beide, in der Tanzdiele eine angenehme Sitzgelegenheit zu suchen. Und nachdem sie ihre Mäntel an der Garderobe abgegeben haben, gehen sie lachend, als ob es sich um einen Scherz handle, in den Tanztempel.

Eine große Zahl von Gästen drängt nach, unter diesen auch solche, die soeben eiligst hereingekommen waren. An der Tür entsteht eine vorübergehende Stauung, weil ihnen verschiedene Tanzpaare entgegenkamen und nach dem Ausgang strebten, während die nachdrängenden neuen Gäste nicht zurückweichen wollten. Schließlich aber gelang es der Dame und ihrem Begleiter doch, gleich links vom Eingang zur Diele einen soeben frei gewordenen kleinen Tisch mit zwei Stühlen für sich zu gewinnen, während die anderen mit rücksichtsloser Gewalt in die Tanzdiele stürmten.

In einem Augenblick ist der ganze Raum wieder mit Menschen angefüllt, Tänzerpaare und Zuschauer.

Die Musik spielt einschmeichelnde Weisen, zart und schmelzend, weich und schluchzend, und die Töne schwingen gedämpft und leise wie aus weiter Ferne durch den schwülen, in Dämmerlicht getauchten Raum.

Und es schwingen die Menschen zu Paaren wie gespenstische Schatten in grotesken Bewegungen, ein kreisender Knäuel von schwarzen und bunten Gestalten, unbestimmbar, unentwirrbar in dem nebelhaften, buntfleckigen, von matten Lichtreflexen unterbrochenen Schleier der künstlich erzeugten mystisch-phantastischen Dämmerstimmung.

Zuschauer sitzen und stehen, und die schmalsten Gänge sind angefüllt von Tanzlustigen, die auf den Takt der Geigen lauschen, um sich bei nächster Gelegenheit dem wogenden Menschengewühl anzuschließen.

Mühselig schleppen die Kellner auf blinkenden Tabletts die Tassen und Teller, und die sitzenden Gäste können sich des Gedränges kaum erwehren, um mit Ruhe ein Getränk zu genießen.

Eingekeilt in eine rücksichtslose und zudringliche Nachbarschaft, droht der kleine Tisch, an dem die Dame mit dem amerikanisch anmutenden Herrn Platz genommen, beinahe umzustürzen, und es ist den beiden kaum möglich, sich der von dem Kellner eilfertig hingestellten Tassen mit Schokolade zu bedienen.

Eine kurze Pause und noch verstärktes Schieben und Drängen.

Die Geigen klingen von neuem; tändelnde und jubelnde Töne, die ineinanderfließen, wie die Wellen einer leicht bewegten See, - ein Wiener Walzer.

Alles, was tanzen will und kann, dreht und schwingt sich in dem großen Kreis, in dem es wieder von zahllosen kleinen Kreisen wogt und wirbelt, schwarz und buntschillernd, fast sinnlos berauscht im Banne der suggestiven Gewalt rhythmischer Klänge.

Und diese suggestive Macht verfehlt auch ihre Wirkung nicht auf das jetzt einsam dasitzende Paar.

Eine kurze Verständigung, und der breitschultrige Mann erhebt sich etwas schwerfällig, nimmt die Dame an die Hand, und im nächsten Augenblick tauchen beide in dem kreisenden Tanzstrudel unter.

Endlich, nach vielen Runden, verklingt die Musik wie mit einem Seufzer. Der Menschenknäuel löst sich auf, und wer einen gesicherten Platz hat, kehrt schnell zu Tisch und Stuhl zurück.

Der Amerikaner wischt sich den Schweiß von der Stirn. Ungewohnte Arbeit für einen Geschäftsmann, der dem Vergnügen des Tanzes nur selten huldigt. Seine Begleiterin löffelt mit Behagen die Schokolade. Jetzt führt auch er mit raschem Griff die Tasse an den Mund. Und wie vom Blitz getroffen, stürzt der Mann zu Boden. Kein Zucken des Körpers mehr, kein Röcheln. Und das sportgebräunte Gesicht gelblich fahl, die Züge hart wie aus Gips gegossen - eine Totenmaske.

Die Dame stößt einen gellenden Schrei aus. Sie steht festgewurzelt und wie gelähmt, ratlos und in stummer Verzweiflung neben dem hingestreckten leblosen Körper. Aber schon hat sich eine starke Menschenansammlung gebildet, man bemüht sich, wenn auch vergebens, um den mutmaßlich Ohnmächtigen. Immer mehr Gäste strömen hinzu, auch aus der Konditorei, so daß es kaum noch möglich ist, in den Tanzraum zu gelangen.

Dem Wirt ist diese Störung der Ordnung und Ruhe sehr peinlich. Er ist es zwar gewöhnt, gelegentlich Eifersüchteleien und kleine Streitigkeiten schlichten zu müssen; aber heute bei dem überfüllten Lokal kann die allgemeine Verwirrung nachteilig auf seine Kasse wirken. In der Annahme, daß es sich wieder um eine beginnende Rauferei handle, schiebt er sich energisch, unter kräftiger Verwendung seiner Ellbogen, durch die den Zugang versperrenden Personen, und das Gesicht von Zorn und Aufregung gerötet, schreit er schon von weitem in die Diele hinein: „So etwas dulde ich nicht in meinem Lokal, meine Herrschaften!"

Aber kaum hat er den leblosen Mann auf dem Fußboden hingestreckt gesehen und den Ursprung der Verwirrung erkannt, als ihn selbst eine tiefe Erschütterung ergriff und er die Umstehenden kleinlaut fragte, was denn eigentlich geschehen sei.

„Wahrscheinlich ein Herzschlag!" murmelte einer der Gäste.

„Beim Tanzen keine Seltenheit", fügt ein anderer hinzu, „der Mann war schon zu schwer, um einen flotten Walzer zu vertragen!"

„Vielleicht handelt es sich auch nur um ein vorübergehendes Unwohlsein!" glaubt eine zierliche Dame trösten zu müssen.

Inzwischen ist ein Arzt aus der Nachbarschaft herbeigeholt worden. Die Menge macht respektvoll Platz. Der Arzt, ein älterer Herr mit weißem Spitzbart und goldener Brille, beugt sich nieder, horcht, betastet, untersucht und schüttelt den Kopf.

Der Wirt erkundigt sich nach dem Befund.

„Tot, zweifellos!" erwidert der Arzt zögernd und nachdenklich, „aber es ist mir unmöglich, die Ursache festzustellen. Ich habe auch nicht den Eindruck, daß der Mann eines natürlichen Todes gestorben ist, denn die Leiche ist bereits erstarrt. Es sind auch keine Anzeichen vorhanden, die auf einen Schlagfluß hindeuten. Ich möchte Ihnen dringend empfehlen, die Polizei zu benachrichtigen!“

Ein ungläubiges Murmeln geht durch die Menge. Man blickt forschend auf den Arzt und die bleiche junge Dame, die selbst, wie vom Schlage gerührt, daneben steht. Der Kaffeehausbesitzer weicht scheu zurück. Er kann es noch nicht begreifen, daß sich ein unnatürlicher Todesfall in seinem Lokal ereignet habe. Ganz verwirrt schleicht er hinaus, ihm folgen zahlreiche Gäste, die jede weitere Lust am Tanz verloren zu haben scheinen.

Kurz darauf betreten Sipoleute die Tanzdiele, und bald trifft auch die telephonisch herbeigerufene Mordkommission im Kraftwagen ein.

Der Polizeiphotograph macht eine Blitzlichtaufnahme von der Lage des Toten, während der Kriminalkommissar Vollmer mit dem Arzt eingehend und lebhaft verhandelt. Hierauf befiehlt der Kommissar die Absperrung der Konditorei und verbietet den wenigen Anwesenden, die Räume zu verlassen.

Eine Durchsuchung der Kleider der Leiche ergibt das Vorhandensein eines großen Vermögens in Dollarnoten und eines Kreditbriefes der New Yorker Staatsbank in Höhe von zehntausend Dollar; zugleich wird durch einen bei dem Toten gefundenen Paß ermittelt, daß es sich um den Großkaufmann Fred Milner, einen Deutschamerikaner aus Chicago handelt.

Die Vernehmung der anwesenden Gäste an Ort und Stelle hat nicht das geringste belastende Ergebnis. Niemand hat einen verdächtigen Menschen oder eine verdächtige Handlung beobachtet.

Die einzige Person, die nach der Bekundung aller,

ohne Anwesenheit eines Dritten, mit dem Deutschamerikaner ständig beisammen war, ist jene bleiche Dame, die noch immer keines Wortes mächtig, zitternd vor dem Kriminalkommissar steht und auf dessen Fragen nur kopfschüttelnd und unter Tränen antwortet. Auf sie fällt auch der erste dringende Verdacht, ihren Begleiter umgebracht zu haben, in der Absicht, sich seines großen Vermögens zu bemächtigen.

„Folgen Sie mir zum Poizeipräsidium!“ erklärt der Beamte kurz.

Und die Dame, der ein hilfsbereiter Gast noch in aller Eile Mantel und Pelz umgehängt hatte, schreitet wie eine Traumwandlerin, gestützt von einigen Herren der Mordkommission, hinaus und wird in das Polizeiautomobil geschoben, das davonrast.

Unter den wenigen Personen, die zurückgeblieben waren und die polizeiliche Vernehmung über sich ergehen lassen mußten, befinden sich auch zwei Halbweltdämchen, die das Feld ihrer Betätigung nach dem Westen verlegt hatten. Die jüngere von ihnen, die fünfundzwanzigjährige Erna Gadebusch, die ihre Jugend in einer berüchtigten Nebengasse der Ackerstraße verbracht hatte und durch den Umgang mit besseren Männern allmählich etwas Kulturtünche bekam, ohne den Kern ihres Wesens freilich dauernd verbergen zu können, sitzt mit ihrer drei Jahre älteren Freundin Trude Pöllnitz allein an einem Tisch, während die Kavaliere der beiden Dämchen sich mit den Sipobeamten, die die Leiche bewachen, über den eigenartigen Fall zu unterhalten versuchen.

„Hast du denn dem Kommissar erzählt, det du den

Dollarfritzen kennst?“ fragt die Pöllnitz ihre Nachbarin, die wegen ihres Verkehrs mit Ausländern den Spitznamen „die Valutenderin“ führt, weil sie, wie eine Marketenderin den Soldaten, sich immer dem Troß der Valutamänner anzuschließen pflegt.

Die Gadebusch tippt mit ihrem Zeigefinger an die Stirn und erwidert entrüstet: „Du bist wohl überkandidelt, Trude! Ick werde doch der Polente nich meine Kundschaft verraten. Im übrijen hat det ooch nischt damit zu tun, det er jestern mit mir zusammengewesen is; denn er war noch lebendich, und nich zu knapp, wat ick bezeujen kann. Aber wenn ick davon etwas erzählt hätte, dann wär' de Polente vielleicht uff de varrückte Idee jekommen, meinen Paul von wejen de Dollars, die der Janki in der Tasche hatte, zu verdächtigen. For so doof mußte mir doch nich halten, Trude!“

Die andere, die wegen ihres früheren Umganges mit der Marinetruppe, die während der Revolutionstage das königliche Schloß bezog, den Spitznamen „die Matrosentrude“ bekam, schüttelt bejahend den Kopf und sagt etwas kleinlaut und schwermütig: „Det stimmt, Erna, da haste recht jehabt! Aber wo du so ville Schwein her hast, dir immer Ausländer zu angeln, und noch dazu so eenen schwerreichen Amerikaner, von dem du mit einem Schlage mit 'n paar Dollars 'ne Milljoneese werden kannst, is mir janz unbejreiflich. Ick jebe mir nu soviel Mühe, und weeß Jott, ick klappre doch jenuch mit de Ogen, aber immer nur krieje ick so'n Ladenschwengel oder 'n ollen Familjenvater!“

„Det is mein Berufsjeheimnis“, gab die „Valutenderin“ mit stolzem Lächeln zurück, „det kann ick dir nich verraten, aber 'n bißken englisch jehört ooch dazu und 'ne janze Portsjon Vastellung. Mir halten se immer for 'ne vaführte bessere Bürjerfrau, und ick spiele meine Rolle so jut, det ick se in dem Jlauben lasse. Und sowat erhöht det janze Vajniejen, und ick krije schließlich immer noch 'n Dollar mehr, weil se sich freu'n, een'n dämlichen Deutschen de Hörner uffjesetzt zu haben. Heutzutage mußte mimen, Trude! Als Määchen von de Straße kannste nischt werd'n. Klappre wenjer mit de Ogen als mit deine Jehirnlappen!"

Die beiden Kavaliere, von denen der eine ein Rumäne ist und zur Gadebusch gehört, nahen mit einem Teller Kuchen und einer Flasche Kognak.

Die Unterhaltung bricht ab.

Vor der Konditorei hat sich inzwischen eine große Menschenmenge angesammelt, die neugierig, trotz des schlechten Wetters, auf den Wagen des Leichenschauhauses wartet; denn das Gerücht von dem Mord in der Tanzdiele hatte sich mit erstaunlicher Schnelligkeit verbreitet.

Nach einer knappen halben Stunde erscheint der bekannte schwarze Kastenwagen. Die Leiche wird unter Mitwirkung von Sipoleuten in einem Ledersarg fortgeschafft.

Die Menschen auf der Straße machen ihre Glossen, es fehlt auch nicht an allerlei Vermutungen. Für viele jedenfalls ein interessanter Gesprächsstoff. Die Konditorei füllt sich jetzt noch schneller als zuvor, auch solche Personen, die das Lokal früher kaum beachtet haben, drängen hinein; und bald ist kein Stuhl mehr zu haben.

Der Wirt bedient seine Gäste mit doppelter Anspannung der Kräfte; denn ein solches Geschäft an einem Abend war ihm noch nie vorgekommen.

Und bald darauf klingen wieder die Geigen gedämpft und die Pärchen drehen und schwingen sich im Kreis oder schreiten unter grotesken Bewegungen im matten Dämmerlicht der Tanzdiele am Kurfürstendamm.

Ein Rätsel der Wissenschaft

Die Obduktion der Leiche des Amerikaners Milner in Gegenwart hervorragender medizinischer Sachverständiger hatte kein positives Ergebnis. Nur darin waren alle Gelehrten einig, daß jede Spur einer natürlichen Todesursache fehlte, und daß der Verstorbene ein außergewöhnlich kräftiger und gesunder Mann gewesen sei.

Andererseits aber konnte der Verdacht eines gewaltsamen Todes auch nicht mit Sicherheit verneint werden. In diesem Fall mußte es sich jedoch um ein bisher noch unbekanntes Gift handeln, das das Blut erstarren läßt, ohne einen chemischen Bestandteil im Körper zurückzulassen. Ein Rätsel der Wissenschaft.

So blieb also nach wie vor das schnelle Erstarren der Leiche als angebliches Merkmal eines Giftmordes bestehen, und mangels eines anderen Anhaltspunktes mußte die Begleiterin des Deutschamerikaners unter dem dringenden Verdacht der Täterschaft in Untersuchungshaft belassen werden, obwohl nicht der geringste äußere oder innere Beweggrund zu einem solchen Verbrechen vorhanden zu sein schien.

Tatsächlich hatte Hilma Stephany, wie die Dame hieß, keine Veranlassung, nach dem Gelde ihrer Mitmenschen lüstern zu sein. Sie war seit einem Jahr Erbin eines großen Vermögens, das ebenfalls aus Amerika stammte und ihr, deren Eltern jung gestorben waren, von ihrem Großvater, einem Fabrikbesitzer in Chicago, hinterlassen worden war. Und diese Erbschaft wiederum war die Veranlassung zu der Bekanntschaft mit Fred Milner, der dem Erblasser nahestand und vor kurzem nach Deutschland übersiedelte, um hier Einkäufe zu machen und Handelsbeziehungen anzuknüpfen.

Auch in seelischer Beziehung lagen nicht die geringsten Bedenken vor; denn die Wesensart des dreiundzwanzigjährigen Mädchens war so verschieden von der Weltanschauung des um zehn Jahre älteren Mannes, daß die Vermutung einer geheimen oder gar krankhaften Neigung nicht aufkommen konnte. Hilma Stephany hatte seit dem Tod ihrer Eltern ein so reichliches Einkommen aus Besitz und Landgütern, daß sie ihre weitere Ausbildung ganz ihren Wünschen und ihrer idealen Lebensauffassung entsprechend gestalten konnte. Sie widmete sich daher den schönen Künsten und allgemeinen Wissenschaften und blieb ihren Neigungen auch treu, als ihr das unerwartete Riesenerbteil zugefallen war.

Fred Milner hingegen, der Sohn einer Kaufmannsfamilie, selbst sehr begütert, war von Jugend an materiell gerichtet. Er lebte ganz dem Geschäft und dem Verdienst, ohne deshalb den Vergnügungen des Lebens abhold zu sein. Die verzweigten bureaukratischen Wege, die bis zur Auszahlung des Nachlasses erforderlich waren, führten dazu, daß

Fred Milner sich in Chicago der Interessen des jungen Mädchens annahm, und als er selbst nach Deutschland kam, lag es nahe, daß die Erbin aus Dank für die geleisteten Helferdienste sich dem Amerikaner als Ratgeberin und Führerin in der Großstadt zur Verfügung stellte. Ebenso war es selbstverständlich, daß Milner diese Bereitwilligkeit nicht zurückwies.

Aus solchen rein äußerlichen Beziehungen konnte die Behörde also unmöglich ein Verbrechen konstruieren. Und doch war Hilma die einzige Person, die, falls ein Giftmord vorlag, nach menschlichem Ermessen die Täterin, und noch dazu eine sehr raffinierte und heimtückische, gewesen sein mußte. Nur die Beschaffung des sonderbaren Giftes war eine Frage, die nicht der Wissenschaft allein, sondern auch dem Untersuchungsrichter ein schwieriges Rätsel aufgab.

Der Rechtsanwalt Dr. Adler, der das so schwer verdächtigte junge Mädchen als dessen Verteidiger in der Gefängniszelle besuchte, vermochte sich selbst der ungünstigen Umstände nicht zu verschließen, die zu einer scheinbar starken Belastung seiner Schutzbefohlenen geführt hatten. Er sprach auch seine Meinung hierüber offen aus und versuchte im Laufe der Unterredung zu ermitteln, ob sich nicht gewisse Anhaltspunkte finden ließen, die zur Aufklärung der dunklen Angelegenheit oder mindestens zur Ablenkung auf eine andere Spur geeignet wären.

Hilma, die sich sehr ruhig und gefaßt zeigte, hörte die Bedenken ihres Rechtsbeistandes mit Gleichmut an. Sie beteuerte nach wie vor ihre Schuldlosigkeit und erklärte, trotz allen Nachdenkens, keine einzige

Persönlichkeit namhaft machen zu können, die ein Interesse daran gehabt haben sollte, den Amerikaner in heimtückischer Weise umzubringen. Die Tanzdiele sei zwar überfüllt gewesen, und durch das Gedränge habe sie auch nicht auf ihre Umgebung geachtet, sie könne sich aber nicht erklären, weshalb irgendeine Person die Schokolade des Milner vergiftet haben sollte, da der Verbrecher doch nicht in der Lage gewesen wäre, sein Opfer zu berauben, also den Erfolg der Tat zu sichern. - Vielleicht käme ein unglücklicher Zufall in Betracht, dergestalt, daß die Schokolade in der Konditoreiküche mit einem Gift in Berührung gekommen sei.

Der Rechtsanwalt erwiderte, daß zu einer solchen Annahme kein vernünftiger Grund vorhanden sei; denn die Schokolade werde nicht tassenweise zubereitet, sondern in größeren Mengen, und es hätte dann die gesamte Schokolade vergiftet sein müssen.

Hilma zuckte die Achseln und schwieg.

„Ja, wenn Sie mir nichts anderes zu sagen haben, Fräulein Stephany", fuhr Dr. Adler etwas gereizt fort, „dann weiß ich wirklich nicht, wie ich Sie vor den Geschworenen von dem dringenden Verdacht des Giftmordes reinigen soll!"

Das Mädchen erbleichte bei dem Gedanken an eine Gerichtsverhandlung gegen sie, und vielleicht kam ihr auch jetzt zum ersten Mal zum Bewußtsein, welches entsetzliche Schicksal ihr bevorstände, wenn auch die Richter von ihrer Schuld überzeugt sein würden.

Ihre Augen füllten sich mit Tränen, und trotz aller Selbstbeherrschung, die sie bis jetzt standhaft bewahrt hatte, fühlte sie plötzlich eine derartige Anwandlung von Schwäche, daß sie in krampfhaftes Schluchzen ausbrach.

Den Rechtsanwalt ergriff ein starkes Mitleid für seine Klientin; er versuchte sie zu trösten und sagte beschwichtigend:

„Bis zur Hauptverhandlung können noch viele Monate vergehen. Inzwischen wird sich die Sache vielleicht noch aufklären. Lassen Sie den Mut nicht sinken; denn es ist besser, Sie erwägen mit klarem Kopf alle Umstände, die zu Ihrer erfolgreichen Verteidigung angeführt werden können, als daß Sie sich nutzloser Verzweiflung hingeben. - Ich muß Ihnen offen gestehen, daß ich in meiner langjährigen Praxis einen so merkwürdigen, ich möchte beinahe sagen: geheimnisvollen Fall noch nie zu behandeln gehabt habe!"

Als die seelische Erschütterung sich etwas gelegt hatte, erwiderte Hilma, noch immer leise schluchzend und mit tränenerstickter Stimme:

„Wenn Sie selbst an meiner Schuldlosigkeit zweifeln, Herr Rechtsanwalt, dann bin ich verloren. Ich bitte Sie flehentlichst, alles zu versuchen, damit ich aus diesem furchtbaren Kerker herauskomme und mich frei bewegen kann; denn nur so wäre ich vielleicht in der Lage, mit Hilfe von Freunden und Bekannten zu ermitteln, ob Herr Milner mit gefährlichen Menschen zusammengekommen ist. Wir haben während der zwei Tage seines Berliner Aufenthalts nur mittags bei Kempinski gespeist, sind einen Abend im ‚Wintergarten' gewesen, und als uns nach dem Besuch des U.T.-Kasinos am Kurfürstendamm das schlechte Wetter überraschte, sind wir in die unglückselige Konditorei der Tanzdiele geraten. Ich weiß lediglich, daß er in einem mir bekannten Pensionat in der Tauentzienstraße Wohnung gefunden, und daß er sich nach seinen Andeutungen schon in der ersten Nacht auf eigene Faust in Berlin amüsiert hat. Vielleicht kann die Pensionswirtin über seinen sonstigen Verkehr Aufklärung geben. Ich selbst kann nur versichern, daß ich mit Giften nicht Bescheid weiß, daß ich keine Veranlassung hatte, einen Menschen, dem ich zu Dank verpflichtet war, umzubringen, und daß ich schuldlos bin wie ein neugeborenes Kind. Wenn mich das Gericht dennoch schuldig spräche, dann müßte ich an der Gerechtigkeit der Menschen überhaupt verzweifeln!"

Dr. Adler schüttelte lächelnd mit dem Kopf und antwortete streng und bestimmt, aber doch mit einem Unterton von väterlicher Wärme:

„Sie verkennen offenbar die juristische Lage, mein Fräulein! Es kommt nicht darauf an, daß ich an Ihre Schuldlosigkeit glaube, sondern daß die Geschworenen davon überzeugt sind. Freilich kann man sie ohne Beweise nicht verurteilen; aber die Fälle, in denen Indizienbeweise selbst zu einem Todesurteil genügten, sind zahlreicher, als der Laie weiß. Was uns vor allem fehlt, ist, wie schon erwähnt, entweder die Ermittlung des Täters oder zum mindesten so schwerwiegende Verdachtsmomente gegen eine andere Person, daß die vorhandenen Indizien gegen Sie völlig verblassen. - Nach meiner heutigen Rücksprache mit dem Untersuchungsrichter gehört alles das, was Sie mir zu Ihrer Entlastung soeben erzählt haben, gerade zu dem Belastungsmaterial gegen Sie; denn der Staatsanwalt findet in diesen Umständen den Beweis dafür, daß Sie sich bemüht haben, den

Verstorbenen an sich zu fesseln. So hat zum Beispiel die Pensionswirtin, die bereits vernommen ist, ausgesagt, daß Sie die beiden Zimmer für den Amerikaner bestellt hätten, und daß Milner ihrer Meinung nach nur mit Ihnen zusammengewesen sei. Die Frau will auch gehört haben, daß Sie dem Herrn, als Sie ihn nach seiner Ankunft in die Wohnung begleiteten, eine Bank empfahlen, wo er sein Geld deponieren sollte. Und da es sich in diesem Fall um Ihre Depositenkasse handelt, folgert die Behörde hieraus, daß Sie ein besonderes Interesse gehabt haben müssen, gerade Ihre Bank zu empfehlen, da jede Berliner Großbank Sicherheit genug biete. Man nimmt nun an, Sie wären überzeugt gewesen, daß Milner Ihren Rat befolgt habe, so daß Sie am Tage nach der Tat mit einem gefälschten Scheck das Vermögen des Toten von der Bank haben abheben wollen. Wenn es sich hierbei auch um gewagte Hypothesen handelt, so ersehen Sie doch daraus, daß dieselben Umstände, von verschiedenen Seiten beleuchtet, jedesmal eine andere Färbung annehmen!"

Hilma Stephany starrte vor sich hin. Sie fand keine Worte, solchen juristischen Konstruktionen entgegenzutreten. Vor ihrem Geiste wurden die mittelalterlichen Hexenprozesse lebendig, von denen sie viel gelesen und in denen ähnliche Spitzfindigkeiten unschuldige Geschöpfe auf den Scheiterhaufen gebracht. Sie sah die Richter mit Hornbrillen und Halskrausen stechende Blicke auf sie werfen und sich selbst unter dem Beil des Henkers, kraftlos und machtlos gegen eine höhere Gewalt, die ihre Vernichtung bestimmt hatte.

Das Mädchen schüttelte sich vor Schaudern. Eiskalt durchlief es ihren Körper und machte ihr Blut erstarren. Fröstelnd rieb sie ihre Hände, und der schlanke Leib erzitterte wie eine vom Sturm gepeitschte Weidenrute. Der Rechtsanwalt wandte den Blick von seiner beklagenswerten Klientin und versank in tiefes Nachdenken.

Angesichts der Hilflosigkeit des Mädchens versuchte er nun aus dem reichen Schatz seiner Erfahrungen selbst einen Rettungsweg zu finden. Und nachdem er eine ganze Weile dies und jenes erwogen hatte, fragte er, als ob ihm plötzlich ein besonders guter Einfall gekommen wäre:

„Haben Sie vielleicht an Milner gelegentlich seelische Depressionen beobachtet, die einen Selbstmord nicht für ausgeschlossen halten?! Unterbrechen Sie mich nicht, bitte, bis ich meine Fragen beendet habe! Sie erzählten mir, daß Ihr Begleiter seine Tasse Schokolade hastig und in einem Zuge geleert habe. Sollte er vielleicht, mit Selbstmordgedanken behaftet, ein bei uns noch unbekanntes, schnell wirkendes Gift bei sich getragen und unbemerkt in seine Tasse geschüttet haben? Die äußeren Umstände wären dem nicht entgegen. Bei Psychopathen kommt es oft vor, daß sie gerade in der fröhlichsten Umgebung plötzlich den Entschluß fassen, aus dem Leben zu scheiden. Und dieses gewaltsame Ende eines mit sich und der Welt unzufriedenen Daseins nach einem flotten Walzer paßte nicht übel zu der sonst auch bündigen Art dieses Mannes. Wenn wir nun seinen ganzen Werdegang begleiten, finden wir vielleicht sogar die Ursache dieser psychopathischen Entwicklung. Wir sehen den Knaben unter strenger väterlicher Zucht heranreifen, die Tätigkeit des Gehirns fast ausschließlich auf Gelderwerb gerichtet. In den wenigen Mußestunden, die dem Jüngling verbleiben, wird der Körper durch Sport gestählt, nicht zum Vergnügen etwa, sondern zur Widerstandskraft für den Kampf um den Gewinn. Und dem Manne in der Blüte seines Lebens und im Umgang mit Künstlern und Gelehrten kommt schließlich das Bewußtsein, daß der Besitz des Geldes zwar eine Macht darstelle, mit der vieles zu erlangen sei, aber mit allem Geld der Welt nicht das eine: die Wertung des höheren Menschen. - Solche Männer nun, die mit einem starken Einschlag von Eitelkeit behaftet sind, entwickeln sich dann psychopathisch, weil sie ihren Geldbesitz im Vergleich zu der Nichtigkeit ihres Wesens als Kulturträger und Förderer innerhalb der menschlichen Gesellschaft als eine vom Schicksal ihnen aufgebürdete schwere Kette empfinden, die ihr Menschentum allmählich erdrosselt. Erschwerend für den Lebensüberdruß solcher Menschen fällt noch das Mißtrauen ins Gewicht, das sich bei ihnen im Laufe der Zeit entwickelt und entwickeln muß, weil sie bei allen Regungen der Seele, Zuneigung, Freundschaft und sogar der Liebe des Weibes, den Gedanken nicht überwinden können, dies alles geschehe nur des Geldes wegen. Unter solchen Umständen ist es schließlich zu begreifen, wenn ein Mann, dem das Leben nichts Höheres, nichts Ideales bietet, Hand an sich selbst legt!"

Dr. Adler machte eine kleine Pause, und Hilma schickte sich an, die Frage sofort zu beantworten. Der Rechtsanwalt aber winkte hastig ab und fuhr fort:

„Wir haben auch einen anderen Punkt noch nicht berührt, der ebenfalls zu einem Selbstmordmotiv hätte Veranlassung geben können. Hierbei muß ich Sie noch besonders darauf aufmerksam machen, daß Sie mir die reine Wahrheit zu sagen haben und nichts verschweigen dürfen, selbst wenn Ihre Mädchenhaftigkeit sich dagegen auflehnen sollte. Als Rechtsanwalt bin ich zur Verschwiegenheit eidlich verpflichtet. Ich frage Sie nun, hat Milner sich Ihnen als Mann genähert und Ihre Gegenliebe zu erlangen versucht? Hat er Ihnen einen Heiratsantrag gestellt, und Sie haben ihn zurückgewiesen? Und falls dies zutrifft, sind Sie in der Lage, hierfür einen Beweis anzutreten? Ferner: Haben Sie jemals etwas von einem amerikanischen Duell gehört? Ein solches beruht auf der Vereinbarung, daß ein Mensch an einem bestimmten Tage und zu einer bestimmten Stunde sich selbst zu richten habe. Dieser Selbstmörder wird durch das Los veranlaßt, seinem Gegner Platz zu machen. Es ist zwar nicht üblich, daß derartige sonderbare Duellanten über ihre bevorstehende Selbsthinrichtung zu dritten Personen sprechen, aber immerhin könnte Milner Ihnen doch eine leise Andeutung gemacht haben. Vielleicht ist er sogar nur zu dem Zwecke nach Deutschland gereist, um hier ohne Aufsehen zu verschwinden und seinen Angehörigen die mit solchen Dingen immer verbundenen Unannehmlichkeiten, auch in bezug auf die öffentliche Meinung, zu ersparen!“

Hilma machte ein nachdenkliches Gesicht und erwiderte zögernd, als ob sie darauf bedacht sei, auch nicht ein einziges Wort von dem zu vergessen, was sie sich während der Ausführungen ihres Verteidigers zurechtgelegt hatte:

„Mein lieber Herr Doktor! Wenn mir die von Ihnen erwähnten seelischen Verirrungen in der Theorie auch nicht unbekannt geblieben sind, so werden Sie wohl begreifen, daß ich an einem Manne, der mir seit zwei Tagen bekannt ist, keine sonderlichen Beobachtungsstudien machen kann. Milner war zweifellos von anderer Art als die Herren, mit denen ich bisher in Berührung gekommen; aber, man darf auch nicht vergessen, daß er, als Amerikaner erzogen, für mich etwas Fremdes und Ungewöhnliches an sich hatte. Er sprach sehr wenig, lachte selten und hielt mit seinem Urteil sehr zurück. Wenn er sich über Dinge äußerte, berührte er nur die praktische Seite, und tatsächlich schien ihm alles ungewohnt, was sich auf ideele Werte und nicht auf Geld bezog. Nie kam ein Wort über seine persönlichen Angelegenheiten zur Sprache, und wenn dies als Beweis dafür gelten kann, daß er sich zu unglücklich fühlte, um mit einem anderen Menschen über seine seelischen Regungen Gedanken auszutauschen, dann möchte ich diese sonderbare Verschlossenheit beinahe als psychopathisch bezeichnen und Ihre glückliche Idee eines Selbstmordes nicht von der Hand weisen. Aus dieser kurzen Charakterisierung ergibt sich auch ohne weiteres, daß eine Annäherung von seiner Seite, die übrigens niemals Erfolg gehabt hätte, weil mir materiell gesinnte Männer unsympathisch sind, gänzlich ausgeschlossen war. Sicherlich hätte ein Typ wie Milner wegen verschmähter Liebe auch keinen Selbstmord begangen.

Was das amerikanische Duell anbetrifft, habe ich wohl früher von solchen Verrücktheiten gehört. Ich kann mir aber nicht vorstellen, daß ein so vernünftiger und geschäftsgewandter Mann einem derartigen Unsinn zum Opfer gefallen sein soll!“

Der Rechtsanwalt lauschte dieser Mitteilung mit sichtbarer Spannung, schien aber schließlich doch etwas enttäuscht zu sein, denn er sagte kurz, beinahe klang es wie ein Stoßseufzer: „Tja, mein Fräulein, dann sind wir mit unserem Latein zu Ende! Ich werde nun versuchen, in der Heimat des Verstorbenen nach seiner psychischen Veranlagung Ermittlungen anzustellen. Leider bin ich zu sehr in Anspruch genommen, weshalb ich mich gern einer tatkräftigen Beihilfe bedient hätte. Gestern war ein Jugendfreund von Ihnen bei mir, ein Architekt Holdtmann, der von Ihrem Mißgeschick - er bekam durch die Zeitungen Kenntnis davon - sehr schwer betroffen schien und sich mir zur Verfügung stellte. Halten Sie es für zweckmäßig, mich seiner Hilfe zu bedienen? Am liebsten wäre mir freilich ein naher Verwandter, weil schließlich Blut doch dicker ist als Wasser!“

Hilma machte ein erstauntes Gesicht, und ein Lichtstrahl der Freude erhellte ihre vergrämten Züge. „Ach, der Werner Holdtmann!“ seufzte sie, „wie schön waren die Stunden, die wir früher gemeinsam verbracht. Er hat mich also nicht vergessen. In der Not erkennt man immer seine wahren Freunde! Ihm können Sie wohl vertrauen, Herr Rechtsanwalt, er ist ein braver Mensch, klug und energisch, außerdem aber leitet ihn eine hohe ideale Gesinnung. Deshalb hat er es zwar zu keinen materiellen Gütern gebracht, aber sein Menschtum schätze ich höher als Reichtum!"

Das Mädchen machte eine kleine Pause und fuhr dann fort:

„Ich habe soeben über meine Verwandtschaft nachgedacht. Unsere Familie war leider nicht weit verzweigt, so daß ich Ihnen keinen direkten Verwandten namhaft machen kann. Da lebt noch ein Dr. Grellnick, Chemiker von Beruf, jetzt vielleicht ein Mann von neunundzwanzig Jahren. Seine Großmutter war die älteste Schwester meines Vaters. Der Altersunterschied war sehr bedeutend, weil mein Vater als später Nachkömmling zur Welt kam. Diese Tante war schon längst verstorben, als ich geboren wurde, ich kannte nicht einmal die Mutter des Dr. Grellnick, meine Kusine. Von Verwandtschaft ist hierbei wohl kaum noch eine Spur, aber mit Dr. Grellnick bin ich noch vor Jahresfrist zusammengekommen, so daß er sich wohl meiner annehmen dürfte. Seine Adresse finden Sie im Telephonbuch, denn er unterhält ein ziemlich bekanntes Laboratorium im Westen Berlins!"

Dr. Adler erhob sich.

„Da haben wir also gleich zwei Helfer", sagte er im geschäftsmäßigen Tone, seiner Klientin die Hand zum Abschied reichend, „und das ist gut, weil es harte Arbeit geben wird. Vielleicht wird uns der Chemiker auch bei der Erörterung des eigentümlichen Giftes als Sachverständiger nützen können!"

Hilma begleitete ihren Rechtsanwalt bis zur Gefängnistür, die von der Aufseherin geöffnet wurde.

Dann fiel der Riegel klirrend ins Schloß, und Hilma Stephany, die des Giftmordes verdächtige reiche Erbin, versank wieder in ein bohrendes Grübeln über die Wandelbarkeit des Schicksals.

Ein kurzer Sonnenstrahl verirrte sich an der Kerkerwand. Wehmütig blickte das Mädchen zu dem vergitterten Fensterchen hinauf, und ihre Augen füllten sich mit Tränen.

Im Laboratorium des Dr. Grellnick

Auf dem Hof eines älteren Hauses in der Steglitzerstraße befanden sich in einem Quergebäude verschiedene Fabrikräume, von denen das ganze vierte Stockwerk dem Dr. Grellnick als chemisches Laboratorium diente, während er im Vorderhaus eine bescheidene Junggesellenwohnung besaß.

Trotz der schon vorgeschrittenen Morgenstunde herrschte in dem saalähnlichen und schmucklosen Raum noch kein Betrieb.

Vor den beiden großen Fenstern zogen sich lange Tische hin, auf denen zahlreiche Retorten und Abfüllgläser in den verschiedensten Größen standen. Im Hintergrund, an der schmalen Wandseite, erhob sich ein gemauerter, schon stark verräucherter Herd, auf dem zwei verschiedenartige kupferne Gefäße spärlich dampften.

An der Längswand gegenüber den Fenstern standen mehrere verschlossene Spinde, die eine große Anzahl Porzellanbüchsen, Standflaschen, Mörser, Abdampfschalen und andere chemisch-technische Requisiten enthielten, während der zementierte Fußboden mit strohumflochtenen Säureflaschen, Körben und Kisten bedeckt war.

In der Nähe der eisernen Eingangstür befand sich ein alter gelb lackierter Schreibtisch, auf dem neben einem Fernsprechapparat ganze Berge verstaubten und beschmutzten Papiers, Briefe, Rechnungen, Tüten, kleine Kartons und allerlei andere, kaum noch erkennbare Gegenstände im wirren Durcheinander herumlagen. Davor ein gebrechlicher Stuhl, die einzige Sitzgelegenheit. Das ganze Laboratorium machte in seiner unheimlich liederlichen und bizarren Art den Eindruck einer Hexenküche, wozu die Schwefel- und Säuregerüche nicht wenig beitrugen.

Der alte Diener Streichhan, ein Mann in den sechziger Jahren, der den Raum soeben betrat, hing Mantel und Jacke an einen Haken, band eine blaue, mit allerlei bunten Flecken verunzierte Schürze um und begann mit einem schmutzigen Lappen den Staub von den Retorten zu wischen.

Kurz darauf erschien auch die Reinemachefrau Auguste Schröder, die in demselben Hause wohnte, mit Eimer und Schrubber, schürzte die Röcke mit einem dicken Strick, so daß die dicken graubestrumpften Beine fast bis zum Knie und ein paar gewaltige Holzpantinen sichtbar wurden, und machte sich mit einer für die kugelrunde, schon über fünfzig Jahre alte Frau sehr bemerkenswerten Behendigkeit an die Arbeit.

Frau Schröder war ein Original wie viele Aufwärterinnen dieser Art. Sie konnte ihr Handwerkszeug, den Schrubber oder Besen, nie in Tätigkeit setzen, ohne die stoßweisen Bewegungen ihrer kräftigen Arme mit der Lebhaftigkeit der Zunge als antreibenden Motor zu begleiten.

Schon nach den ersten Begrüßungsworten begann

sie ihre Sprechlust sofort anzukurbeln, indem sie dem alten Diener mit stark verfetteter Fistelstimme zurief:

„Sie, Streichhan, haben Se schon von dem neuen Mord in de Tanzdiele jehört? Ach Jotte doch, et is kaum zu glooben, wat sich in dem ollen Berlin nich allens tut! Bloß det Jeldes wejen! Arbeeten soll die Blase, aber nich de Leute abmurksen, wenn's ooch 'n reicher Amerikaner is. Mir kann det Jeld nich reizen, ich arbeete, bis ick mit de Neese hoch lieje!"

Und wie zur Bekräftigung ihrer Worte gab sie dem Schrubber einen so gewaltigen Stoß, daß der Scheuerlappen beinahe ein Loch bekam.

„So wat is doch nischt Neuet, seit wir den Kriej verloren hab'n", brummte der alte Diener in seinen grauen struppigen Schnauzbart. „Aber die Jeschichte mit dem Amerikaner is 'ne mulmije Sache. Mir soll der Affe kratzen, wenn se so'n heimtückischen Kerl wie den Mörder rauskriejen. Nach all'm, wat ick jelesen habe, kommt mir det beinahe vor, wie'n absichtlichet Komplott. Die hab'n doch bloß nach dem seine Dollars jeschielt. Und det Meechen, det se injespunnt hab'n, wat doch den Amerikaner seine Bejleitung jewes'n is, die kann doch höchstens als Animiermamsell fungiert hab'n. Und wenn se in de Zeitungen schreib'n, det det Frailein Sowieso oder wie de Puppe heeßt, ooch 'ne Milljoneese is, denn halte ick det for Mumpitz, for Mumpitz halte ick det. Mir sollten se man zum Kriminal machen, ick würde det Ding schon fingern und det Komplott uffstechen, wie'n eitrijet Jeschwür!"

„Da soll doch jleich de Pelle platzen", keifte Frau Schröder wütend, „sonne Schweinerei! Denken Se denn, Steichhan, ick jloobe, det det Meechen mit die Sache irjendwat zu tun hat? Nich 'ne Bohne! Die is doch bloß mit dem Mann in de Tanzdiele jejangen, weil se jejloobt hat, der heiratet ihr! Ick kenne det. Meine Lowise, wat de Älteste is, die hat sich ooch schon von mehre Herrn ausführ'n lass'n und is in sonne Diele schwoofen jejang'n. Und wenn ick ihr denn ausjeschumpf'n habe, det se mir bloß nich 'n Jöhr ins Haus bringt, denn hat se mir jeantwort't: ‚Denkste denn, ick kriej'n Mann, wenn de mir in de Kommode steckst und dir druff setzt?' Natürlich hat det Meechen nich so unrecht. Mein Oller, den de Würmer nu schon seit fuffzehn Jahr'n am Schlafittchen hab'n, hat mir ooch beim Schwoof kenn'n jelernt. Det war sozusag'n de Liebe uff'n ersten Blick. Det Meechen also, die se injespunnt hab'n, kann nischt davor, denn et is ihr nich zu verübeln, wenn se uff den reichen Amerikaner 'n Kieker jeworfen hat. Aber ick jloobe, die Sache is janz anders, da steckt wat Polit'schet dahinter. Mir sollten se man als Detektiv ankaschiern! Ick sage Ihn'n, Steichhan, da kennt'n Se wat erleb'n. Ick würde die Mörderbande vierteil'n lass'n, Donnerwetter nich noch eens!"

Und wieder flog der Schrubber mit dem Scheuerlappen so gewaltig über den Fußboden, daß verschiedene Säureflaschen beinahe umgestürzt wären.

Den alten Diener fesselte die Unterhaltung dermaßen, daß er seine Arbeit ganz einstellte, und, die Hände unter seiner beschmutzten Schürze verborgen, mit viel Gewichtigkeit erwiderte:

„Seh'n Se, Mutter Schröder, det is die Jemeinheit, det man so wenich uff de Volksintellijenz jibt. Wir zwee beede kenn'n det Leben, denn wir hab'n unsre Neese in jeden Dreck rinjestochen; aber die da oben, die hab'n ihre Schlauheit bloß aus verstoobten Büchern! Und damit könn'n se kee'n nich ins Jewissen sehn, wie wir, die echten Volksvertreter. Der Dokter, watt mein Scheff is, vasteht ja von sein'm Fach 'ne janze Menge, und seine Medizin, die er braut, soll janz jut sind, allens, wat recht is; aber von de praktischen Sachen, so aus'm vollen Leben, versteht er partu jarnischt!"

„Seh'n Se, Steichhan, so is er mir ooch immer vorjekomm'n", sprudelte Frau Schröder heraus, „wat sagen Se nun zu meene Menschenkenntnis? Im übrijen wundre ick mir sehr, det er noch nich hier is!"

„Mir wundert der jarnich!" gab der Diener trocken zurück, „daran bin ick jewöhnt. Wahrscheinlich hat er heut nacht wieder een'n Saufer jemacht. Dat jeht so lange wie't jeht. Wein, Weiber und Zigaretten! Der pafft eene nach der andern, und husten tut er, als ob ihm schon det letzte Loch verstopft wär'. Mit dem nimmt's noch 'n böset Ende!"

„Sowat sieht man ihm ja ooch an, mein Blick trügt mir nie, ick weeß Bescheed", bestätigte die Reinemachefrau selbstbewußt und etwas mitleidig, „dem Dokter kann man det Vaterunser durch de Backen blasen! Ich dachte, er wollte schon längst nach'm Höhensonnenkurort in der Schweiz, um sich 'ne neue Lunge zu hol'n?!"

Streichhan lächelte ironisch. „Det stimmt", sagte er in seiner trockenen Art, „janz richtich, det wollte er schon im vorjen Jahr, aber et jing nich von wejen Zaster!" Und der alte Diener schob die Schürze beiseite und machte mit Daumen und Zeigefinger eine bezeichnende Bewegung.

Die Reinemachefrau stellte ausnahmsweise den Schrubber an die Wand, stemmte beide Arme mit einem energischen Ruck in die Hüfte und rief mit dem Ausdruck höchster Verwunderung zu Streichhan hinüber: „Wat Se sag'n, da bin ick ja baff! Ich möcht' bloß wissen, wo det ville Jeld bleibt; denn, wenn man in de Apotheke jeht und mal 'n Abführmittel holt, denn merkt man erst, wat der olle Klimbim kost't, den er hier verzapft!"

Der alte Diener nahm seine Hände unter der Schürze hervor, trommelte mit den Fingern auf seinen eingefallenen Bauch und erwiderte etwas entrüstet: „Na, wo soll's denn bleiben?! Ick hab Ihn'n doch schon jesagt: Wein, Weiber und Jesang. Bloß det letzte nich, dabei jeht ihm de Puste aus. Aber Alkohol und Liebe, det is sein Vajniejen, da is nischt zu teuer; aber, wenn ick 'ne Teirungszulage hab'n will, denn kiekt er mir so glupsch an, det ick denke, er will mir fressen. Ja, wenn ick 'n Mädel wär, denn könnt ick ihn auspowern, aber erst müßt ick mir 'n bißken mästen. Er liebt nämlich de Dikken. Aus die Reise wird nischt, oder er kriejt mal 'n jroßen Batzen uff eenmal, Aber ick jloobe nich dran. Wär ja janz scheen, wenn man sich ooch mal 'n paar Wochen ausruhn könnte!"

Frau Schröder hatte ihre Arbeit beendet, sie stand an der Wasserleitung neben dem Herd, um den Scheuerlappen auszuwringen, wobei sie die Augen zusammenkniff, um mit Aufbietung aller Kraft den letzten Tropfen herauszudrücken. Trotzdem konnte ihre Zunge nicht ruhen, und mit jeder Drehung, die sie dem Scheuerlappen gab, preßte sie stoßweise hervor:

„Na sowat, - det scheene Jeld - de Männer sind zu dämlich, - wat hab'n se bloß davon - lieber kooft ick mir 'n Stück Schweinebauch - det nimmt 'n böset Ende, Streichhan, det weeß ick janz jenau, uff mir könn'n Se sich verlass'n!"

„Det weeß ick ooch alleene", brummte der alte Diener, „aber, wenn der Dokter abkratzt, wat wird denn aus mir? Da läßt man seine scheensten Jahre in sonner Stinkbude und wenn der Scheff zum Deibel jeht, denn wird man ooch uff'n Misthaufen jeschmissen, und -!"

In diesem Augenblick öffnete sich die Tür und Dr. Grellnick trat herein, bot einen „Guten Morgen" und hing Mantel und Rock in ein Spind, aus dem er einen weißen Kittel entnahm, den er sogleich anzog.

Streichhan hatte sich beim Erscheinen seines Herrn mit solcher Schnelligkeit umgedreht und seinen Putzlappen wieder in Bewegung gesetzt, daß der beste Photograph nicht imstande gewesen wäre, eine Momentaufnahme zu machen. Solche Fixigkeit konnte nur durch jahrelange Übung in ähnlichen Situationen erworben werden.

Frau Schöder nahm Eimer und Schrubber zur Hand, ging grüßend an Dr. Grellnick vorüber und musterte ihn von Kopf bis zu den Füßen mit einem Blick, der Mitleid und Verachtung zugleich ausdrückte.

Der Laboratoriumsbesitzer begann sofort seine Tätigkeit. Er füllte die Retorten mit verschiedenen Flüssigkeiten, zündete die darunter befindlichen

Gaskocher an und zerrieb in einem Mörser weiße Kristalle, die er einigen Glasbehältern hinzufügte. Bald waren alle Gefäße teils zur Destillation, teils zur Verdampfung gefüllt, so daß eine Arbeitspause eintreten konnte.

Da keine anderen Gehilfen vorhanden waren, mußte Streichhan seinem „Scheff“ allerlei Zureichungen machen und die Thermometer auf den Wärmegrad hin beobachten.

Dr. Grellnick setzte sich inzwischen an seinen Schreibtisch und begann eine offenbar komplizierte Rechenarbeit, denn er verrauchte die Zigarette, die seine Lippen nie verließ, hastig und in wenigen Zügen.

Das Alter dieses Mannes war schwer zu bestimmen; sicherlich aber trug er mehr Jahre zur Schau, als er durchlebt hatte. Die breiten Backenknochen und die großen, tief in den Höhlen liegenden gelblichen Augen verliehen dem Gesicht etwas katzenartiges, namentlich, wenn die Pupillen, gegen das Licht gewendet, sich stark verkleinerten. Die schwarzen Haare waren in spärlichen Strähnen nach hinten gekämmt, so daß die leuchtende Kopfhaut vielfach sichtbar wurde. Die an der Spitze etwas verdickte, sonst aber schmale Nase und die blutleeren dünnen Lippen in Verbindung mit der gelblichen Haut und den eingefallenen Wangen gaben dem ganzen Antlitz einen etwas verbissenen, aber zugleich auch dämonischen und krankhaften Ausdruck.

Allmählich verstärkten sich die Dämpfe der Retorten und durchzogen in langen Schwaden, wie weiße, gelbliche und schmutzig-graue dünne Wolken den weiten Raum. Die Luft verdichtete sich mit bläulichem Nebel, und ein beißender Geruch nach Säuren, Kräutern und Essenzen belästigte Nase und Lunge, so daß Streichhan sich ein rotes Taschentuch vorhielt, während sein „Scheff" gewohnheitsmäßig mit kurzen Unterbrechungen dumpf hüstelte, ohne freilich die Zigarette aus dem Mund zu nehmen.

Der Fernsprecher klingelte. Lässig griff der Laboratoriumsbesitzer nach dem Hörer und rief mit leiser und hohler Stimme: „Hallo!"

„Jawohl, Dr. Grellnick!" - Der Chemiker zuckte merklich zusammen und lauschte der Stimme, die aus dem Fernsprecher drang, mit sichtbarer Spannung und verhaltener Erregung.

„Verwandtschaft kann man das eigentlich nicht nennen, Herr Rechtsanwalt, aber Fräulein Stephany ist mir natürlich bekannt!"

„Ich lese wenig in der Zeitung, und dann nur Politisches! - Was Sie sagen! - Ist ja sonderbar! - Merkwürdige Geschichte! - Hm! - Hm! - Hm!"

„Gern, sehr gern, selbstverständlich gehe ich zu ihr. Wenn ich ihr helfen kann?! - Mit Freuden natürlich, mit Freuden!"

„An ihrer Schuldlosigkeit zweifle ich keinen Augenblick. Sicherlich ein Mißgriff der Polizei! - Muß sich ja bald herausstellen! - Hm! - Ja! - Hm!"

„Nach Amerika habe ich leider keine Beziehungen, seitdem mein Urgroßvater verstorben ist!"

„Ja, derselbe, von dem Fräulein Stephany ge..., ich meine, zu Ihnen gesprochen hat, Herr Rechtsanwalt!"

„Sie wünschen, daß ich heute noch zu ihr gehe?! Mir ist es recht, wenn ich hineingelassen werde. Einen Augenblick, ich notiere mir die Nummer. Also: Moabit, Untersuchungsgefängnis, Frauenabteilung, Zelle 286. Danke sehr, Herr Rechtsanwalt! - Bitte sehr, bitte sehr!“

Dr. Grellnick legte den Hörer langsam und nachdenklich auf die Gabel, erhob sich und ging unruhig mit gesenktem Kopf, mächtige Rauchwolken aus der Nase blasend im Laboratorium umher. Streichhan blickte ihn verstohlen von der Seite an, denn er hatte mit Staunen und Verwunderung aus dem geheimnisvollen Gespräch erkannt, daß sein „Scheff“ mit der Stephany, von der er in der Zeitung gelesen, verwandt sei und sogar ins Gefängnis gehe, um sie zu besuchen. Dies entfachte seine Neugierde nicht wenig, zugleich aber stieg in ihm ein Gefühl von Achtung und Stolz auf, daß sein Herr mit dieser aufsehenerregenden Angelegenheit in Verbindung gebracht wurde.

Der Laboratoriumsbesitzer kleidete sich an und ging mit kurzem Gruß hinaus.

Nach einer kurzen halben Stunde befand er sich im Untersuchungsgefängnis und Hilma gegenüber.

Sein Auftreten war etwas unsicher und verlegen, und die Unterhaltung kam nur langsam in Fluß. Man sprach zuerst von Familienangelegenheiten, wobei auch die Erbschaft gestreift wurde. Dr. Grellnick schien diesem doch immerhin ungewöhnlichen Ereignis keinerlei Bedeutung beizulegen; seiner geflissentlichen Schweigsamkeit und schwer zu verbergenden Erregung merkte man es dennoch an, daß ihm die ganze Sache nicht gleichgültig gewesen sei. Er ließ sich sogar zu der Bemerkung hinreißen, sein Urgroßvater hätte nicht ganz recht gehandelt, das Enkelkind zur Universalerbin einzusetzen, ohne den Urenkel wenigstens mit einem Legat zu bedenken.

Hilma zuckte die Achseln und meinte, es wäre ihr sehr lieb gewesen, wenn ihr Großvater auch dem Urenkel die Hälfte seines Nachlasses vermacht hätte, denn dadurch wäre sie vielleicht mit dem amerikanischen Helfer und Ratgeber Milner nicht in Berührung gekommen und hätte jetzt Freiheit und Ehre und brauchte um ihre Zukunft nicht besorgt zu sein.

Der Inhalt dieses Gesprächs führte nun sogleich zu dem eigentlichen Zweck des Besuches, und Dr. Grellnick erbot sich, unverzüglich in Amerika Nachforschungen nach dem Vorleben und den Eigenarten des Milner anzustellen.

Nach dieser ziemlich trocken abgegebenen Zusicherung trat eine kurze Pause ein, und dann nahm die Unterhaltung plötzlich eine andere Wendung. Dr. Grellnick wurde elegisch. Er gedachte des frühen Hinsterbens der Familienmitglieder und der schönen Stunden, die er mit Hilma verbracht, und daß er im Geheimen immer für sie geschwärmt und nur die Arbeitslast ihn gehindert habe, sich ihr zu erklären. Das Schicksal habe es gewollt, daß er ihr jetzt wieder begegne, wenngleich unter sehr unglücklichen Verhältnissen; und das Bewußtsein, auf Gegenliebe rechnen zu dürfen, würde seine Kraft, ihr zu helfen, verdoppeln. Sie möchte seine Werbung daher nicht kurzerhand zurückweisen und seine Zukunft mit der ihren verknüpfen. Das Ziel sei für beide sehr erstrebenswert, und er sei überzeugt, daß sie ihren Entschluß, ihm ihre Hand zum Ehebunde zu reichen, nie bereuen würde.

Diese mit wenig Leidenschaft und ohne innere Überzeugung vorgebrachte Liebeserklärung machte auf Hilma einen tiefen Eindruck, aber keineswegs auf Herz und Gemüt. Sie erwog eine ganze Weile, was sie auf den unerwarteten Antrag erwidern sollte, zumal in ihrer jetzigen Bedrängnis und Hilflosigkeit die angebotene Unterstützung nicht zurückgewiesen werden durfte.

Andererseits hatte sie sich bisher aber noch nie mit dem Gedanken einer Verheiratung befaßt, so daß sie allzu unvorbereitet war, um über eine so wichtige Lebensfrage sofort zu einem Entschluß zu gelangen. Sie antwortete daher diplomatisch und ausweichend:

„Lieber Herr Doktor, Ihre Bereitwilligkeit, mir nützlich sein zu wollen, erfüllt mich schon jetzt mit herzlichem Dank, und ich vertraue Ihrer Geschicklichkeit und Klugheit meine ganze Zukunft an. Eine innere Stimme sagt mir, daß es Ihnen gelingen werde, mich aus meiner schrecklichen Lage zu befreien. Was aber Ihren Antrag anbetrifft, so werden Sie wohl begreifen, daß ich zu unvorbereitet bin, um sogleich eine bindende Erklärung abgeben zu können. Zwar sind mir Ihre männlichen Tugenden zur Genüge bekannt, aber dennoch muß ich mich vor allem selbst befragen, ob ich schon reif zur Ehe bin oder reif zur Ehe überhaupt, weil ich mich bisher mit einem solchen Gedanken noch nicht vertraut gemacht habe. Sie wissen, daß ich seit früher Jugend auf mich selbst gestellt war und mein ganzer Werdegang daher auf einer gewissen Freiheit und geistigen Unabhängigkeit aufgebaut ist. Die Aussicht, alles dies auf eine geistige und materielle Gemeinschaft umstellen zu sollen, ist mir so neu und ganz ungewohnt, daß ich mich hiermit erst vertraut machen muß. Ich bitte Sie daher, meine augenblickliche Unentschlossenheit nicht falsch deuten zu wollen. Jedenfalls aber kann ich Sie versichern, daß ich in meinem Dank für immer ihre Schuldnerin bleiben werde, falls es Ihnen gelänge, mir Freiheit und Ehre wiederzugeben. Und ich will Ihnen auch versprechen, Ihnen aus Dankbarkeit meine Hand zum Ehebunde zu reichen, wenn nicht Bedenken persönlicher Art mich veranlassen sollten, auf eine Ehe überhaupt zu verzichten!“

Dr. Grellnick lächelte, erhob sich und küßte mit einer gewissen Steifheit und Förmlichkeit Hilmas Hand sehr flüchtig und sagte beinahe geschäftsmäßig:

„Ihre aufmunternden und vielverheißenden Worte haben mich sehr beglückt, Fräulein Stephany; ich werde mich Ihres Vertrauens würdig zeigen und meine ganze Kraft aufbieten, Ihre Freiheit und Ihre Liebe zu erlangen!“

Eine kurze Verbeugung, und Dr. Grellnick stand auf dem langen Korridor des Untersuchungsgefängnisses.

Er blickte sich scheu um. Die Wärterinnen gingen schlüsselklirrend auf und ab. Eine unheimliche Ruhe. Nur aus einigen Zellen klang leises Schluchzen und Stöhnen.

Dr. Grellnick beschleunigte seine Schritte, die hart auf den Fliesen stampften und einen vielfachen Widerhall verbreiteten, als ob eine große Anzahl laufender Tritte dröhnend hinter ihm her wären.

An der Treppe angelangt, blickte er sich noch einmal um. - Seine umschatteten Augen nahmen einen starren Blick an und drohten, sich rollend aus den Höhlen zu winden. Die Pupillen verkleinerten sich zu einem kaum sichtbaren Punkt, so daß das ganze Auge wie eine flimmernde Schwefelscheibe leuchtete. Sein Mund verzerrte sich zu einer Grimasse, und der Speichel tropfte wie Geifer herunter. Er schüttelte sich heftig, wie in einem Fieberanfall und lief Hals über Kopf die Treppe hinunter, obwohl ihn ein Hustenanfall gepackt und ihm fast den Atem genommen hätte.

Endlich auf der Straße, als das Leben um ihn brauste und die elektrischen Bahnen rasselnd an ihm vorüberfuhren, besann er sich wieder auf sich selbst.

Tief atmend stand er an einem Laternenpfahl, den Hut in der Hand, und wischte sich den Schweiß vom Gesicht.

Dann winkte er einem Auto und fuhr davon.

Stammgäste der Diele

Wieder klingen die Geigen und wieder drehen sich die Paare im Dämmerlicht der Tanzdiele.

An einem Tisch vereint sitzen Erna Gadebusch und Trude Pöllnitz. Die „Valutenderin“ ist in Begleitung ihres Liebhabers, des Babiers Paul Stommel, der in seinen Kreisen den Spitznamen „Krawattenpaul“ führt, weil er mit Vorliebe kostbare Krawatten trägt und Wucher- und Schiebergeschäften verwegenster Art nicht abgeneigt ist. Die „Matrosentrude“ hat es bisher zu keinem ständigen „Freund“ gebracht. Die jungen Männer, die heute abend in ihrer Gesellschaft sind, gehören zwar auch zu ihren Liebhabern, aber sie haben sich ohne besonderes Interesse für sie und nur der Bekanntschaft wegen an den Tisch gesetzt.

Paul Stommel ist ein berufsmäßiger Nichtstuer und Tagedieb. Er hat Rasiermesser, Kamm und Schere an den Nagel gehängt, nachdem er durch den näheren Umgang mit liederlichen Mädchen erkannt hatte, daß sich auf leichtere Art viel mehr Geld verdienen lasse. Zum Verbrecher ist oft nur ein Schritt, und so mußte der erst vierundzwanigjährige Bursche schon verschiedene Jahre seines Lebens hinter Gefängnismauern verbringen. - Charakterlos, ohne Gewissen, arbeitsscheu und feige, war ihm jede Betätigung willkommen, wenn sich nur die Aussicht bot, ohne jede Anstrengung einen Posten Geld einzuheimsen.

Die hohe Belohnung, die von den Angehörigen des Milner, vom Polizeipräsidium und von Hilma selbst für die Ermittlung des Mörders ausgesetzt worden war, hatte es dem „Krawattenpaul“ angetan und ihm keine Ruhe mehr gelassen.

Die Anwesenheit in der Tanzdiele brachte naturgemäß das Gespräch auf den geheimnisvollen Abend, und Stommel trieb es, seiner Sehnsucht nach der hohen Belohnung Ausdruck zu geben, indem er sagte:

„Die Jeschichte mit dem Amerikaner is noch immer nich uffjeklärt. Et is doch 'ne merkwürdije Sache, det man den Kerl noch nich jefaßt hat. Hier könnt' ma sich 'n anständijet Trinkjeld vadien'n, ohne sich de Finger schmutzich zu mach'n. Ick kann mir nich denk'n, det so'n reichet Meechen, wie die, die se jekappt hab'n und die selbst 'ne jroße Belohnung aussetzt, mit dem Kerl in de Tanzdiele kommt, bloß, um ihn zu verjiften. Det hätt' se bei sich zu Hause oder uff seine Bude ville besser und bequemer machen könn'n. Nach meine Vastehste kann det bloß 'n Liebhaber von det Meechen jewesen sind, der den Amerikaner aus Eifersucht um die Ecke jebracht hat. Oder vielleicht ooch 'n Landsmann, den andre Bewejjründe jetrieb'n hab'n. Ick muß det rauskriej'n, sonst blamier' ick mir vor mir selbst!“

„Na denn blamier' dir man“, rief die Erna belustigt, „ick habe von deine Fähigkeiten als Kriminal noch nich ville jemerkt. Du hast wohl schon manchet ausbaldovert, aber noch keen'n Jiftmord nich; und anstatt, daß du andere ins Kittchen jebracht hast, haben se dir dahin jebracht. Et wäre besser vor dir, du mischst dir in sonne Dinge nich rin; denn am Ende erkenn'n se dir am Alexanderplatz jrade in dem Ogenblick, wo du 'n Kriminal markierst, und se lad'n dir freundlich in, 'n bißken näher zu treten und dir häuslich niederzulassen. Bei de Polente heeßt et immer: zehn Schritt vom Leibe!"

Die Tischgesellschaft lachte hell auf und bespöttelte den „Krawattenpaul" nicht wenig. Von allen Seiten hagelte es Witze unter Hinweis auf seinen früheren Beruf.

Stommel ließ sich aber nicht aus der Ruhe bringen, obwohl er ziemlich verärgert war, und zu seiner „Braut" gewandt - wie man in diesen Kreisen solche „Freundinnen" bezeichnet -, erwiderte er lakonisch:

„Quatsch doch bloß nich sonne Töne, Erna! Du weeßt doch, det ick schon 'ne janze Menge rausjekriegt habe, wenn du mir mit's Jeld hinterjangen hast, und denn haste mir immer jeschmeichelt und jesagt: ‚Paul', haste jesagt, ‚du bist der reenste Weltdetektiv, vor dir is wirklich keener sicher!' Und nu, wo et sich um 'n jroßet Vermöjen handelt, da machste plötzlich flau und willst mir und meine Talente nich mehr kenn'n! Aber ick weeß ja alleene, wat ick zu tun habe. Von mir kriegste jedenfalls nischt ab, det merke dir!"

Wieder lachten die Unbeteiligten, wie immer in solchen Fällen, wenn sich zwei streiten. Die „Valutenderin" verspürte jedoch keine Lust, ihrem

Freund das letzte Wort zu gönnen, und wütend fauchte sie ihm zu:

„Wenn du nu nich bald de Luft anhälst, denn fahre ick dir aber jründlich über de Leber, du einjebildeter Fatzke! Wat du von mein'm Jeld sagst, womit ick dir hinterjangen hab'n soll, da scheinst du aus alter Jewohnheit wieder mal Mein und Dein zu verwechseln. Wat ick mir redlich vadiene, jehört mir, vastehste! Da hast du deine Neese nich rin zu stecken, und da is ooch nischt rauszukriejen, vastehste! Meinetwejen kannste machen, wat de willst; aber wenn du dir wieder injeseeft hast, denn hole ick dir nich aus de Pedulje, vastehste!"

„Nu is aber Schluß, Erna!" brüllte der „Krawattenpaul" und schlug auf den Tisch, daß sich die ganze Nachbarschaft erschreckt umsah, „hier will ick dir nischt weiter sag'n, aber komm du erst mal nach Hause, da sprech'n wir uns unter vier Ogen!"

„Och, du willst mir wohl wieder verpolken!" fuhr die Gadebusch auf und machte Miene, sich auf ihren „Freund" zu stürzen, aber die „Matrosentrude" hielt sie mit beiden Armen fest und sagte beschwichtigend:

„Kinder, nu seid doch mal endlich vanünftig, et lohnt sich doch wirklich nicht, euch wejen solchen Quatsch in de Haare zu kriejen! Laß doch deinen Paul mach'n, wat er will, Erna! Det zarte Jeschlecht soll sich nich in de Jeschäfte der Männer inmischen!" Und um die Aufmerksamkeit auf einen anderen Gegenstand zu lenken, fügte sie belustigend hinzu: „Nu kiek doch eener bloß den blondjelockten Jüngling an, der wie tiefsinnig rumlooft und sich 'n Platz sucht, aber er find't keen'n!"

Und Während die ganze Tischgesellschaft sich umdrehte, machte auch der merkwürdige junge Mann eine Wendung und näherte sich langsam, seine Blicke immer umherschweifen lassend, dem Tisch, an dem die beiden Mädchen mit ihren Begleitern saßen.

Hier befand sich tatsächlich der einzige leere Stuhl im ganzen Raum, und da die Musik ausnahmsweise lange pausierte und kein anderer Platz frei wurde, trat der Fremde kurz entschlossen an den Tisch heran und setzte sich, nachdem er vorher höflich um Erlaubnis gebeten hatte.

Die Tischgesellschaft ließ sich in ihrer Unterhaltung keineswegs beirren. Und wenn der unerquickliche Streit auch beendet war, so wurde der bisherige Gesprächsstoff von den Bekannten der Trude Pöllnitz, die sich während der vorausgegangenen Auseinandersetzung wortkarg und zurückhaltend benahmen, jetzt dennoch fortgesetzt.

Einer der jungen Männer erkundigte sich eingehend nach der Stelle, wo der Amerikaner die verhängnisvolle Schokolade getrunken hatte und leblos zusammengebrochen war, und die „Matrosentrude" beeilte sich sogleich, den ganzen Vorgang in allen Einzelheiten zu schildern.

Dies veranlaßte den Fremden, sehr aufmerksam zuzuhören; und als das Mädchen seine weitschweifige Erzählung beendet hatte, begann er sich an der Unterhaltung zu beteiligen, indem er etwas befangen fragte:

„Mich hat Ihre Wiedergabe des geheimnisvollen Mordes sehr interessiert, weil ich die junge Dame, die man als mutmaßliche Täterin verhaftet hat, sehr verehre und ihr Schicksal mir deshalb sehr zu Herzen geht. Wenn jemand von den Anwesenden an dem unglückseligen Abend zugegen war, dann hätte ich gern erfahren, ob nicht vielleicht einer von Ihnen, meine Herrschaften, noch eine andere Person in Begleitung jener Dame oder des Amerikaners gesehen hat, oder vielleicht einen verdächtigen Menschen, der sich in der Nähe des Paares aufhielt!?"

Die beiden Mädchen sahen sich verwundert an und schüttelten verneinend die Köpfe, ohne auf die Frage näher einzugehen.

Die Einmischung des Fremden in ihr Tischgespräch kam ihnen recht sonderbar vor, und wahrscheinlich stieg auch die Vermutung in ihnen auf, daß der neue Gast ein Kriminalbeamter sei, der Ermittlungen anstellen wollte. Vor einer näheren Bekanntschaft mit solchen Personen aber pflegen die Kreise der Leichtverbrecher begreiflicherweise einen tiefgründigen Widerwillen zu haben, der sich zumeist in völliger Zurückhaltung und Schweigsamkeit äußert.

Nur der „Krawattenpaul" hatte sich in seine fixe Idee, die hohe Belohnung zu gewinnen, dermaßen verrannt, daß er diesmal jede Vorsicht beiseite ließ und von seinem Standpunkt aus dem Fremden besonderes Interesse entgegenbrachte, weil er hoffte, von ihm für seine eigenen Ziele Vorteile erlangen zu können.

Es entwickelte sich nun zwischen den beiden ein längeres Zwiegespräch, da der Tanz indessen wieder begonnen hatte und die Mädchen sich mit ihren Begleitern bei den Klängen der Musik vergnügten.

Der junge Mann mit dem blondlockigen Haar war

sehr eifrig bei der Sache und nahm jedes Wort des ehemaligen Barbiers gierig auf, während Stommel sich in Mutmaßungen über den vermeintlichen Täter erging, und zwar in ähnlicher Art, wie er dies kurz vorher der ganzen Tischgesellschaft gegenüber getan hatte. In seiner Wichtigtuerei ging er jetzt nur etwas weiter und gab sich als feinen Beobachter, indem er durchblicken ließ, er sei wohl der einzige Mensch, der an jenem Abend einen dunkelhaarigen bartlosen Mann in mittleren Jahren in der Nähe des Amerikaners gesehen habe.

Der Blonde schien erleichtert aufzuatmen und wurde sichtlich froh gestimmt, erkundigte sich auch nach Namen und Adresse seines gesprächigen Nachbarn und erbot sich, am nächsten Abend wieder mit ihm zusammenzutreffen.

Auf Stommel hatte dieses lebhafte Interesse aber eine entgegengesetzte Wirkung ausgeübt. - Er sträubte sich, Namen und Wohnung anzugeben, indem er behauptete, nur vorübergehend in Berlin zu sein; außerdem wollte er seine Persönlichkeit nicht in die Sache hineingezogen wissen. Umgekehrt aber erschien der Fremde dem „Krawattenpaul" außerordentlich verdächtig.

Zunächst hatte der eigentümliche Mensch sich selbst als einen Verehrer der Begleiterin des Amerikaners ausgegeben. Er mußte also der Dame nahe gestanden haben und mit deren Gewohnheiten vertraut geworden sein. Und es war ferner mit Sicherheit anzunehmen, daß er die Anwesenheit des Amerikaners in Berlin mit Eifersucht und vielleicht sogar mit Haß verfolgte. Dazu kam die auffallend freudige Erregung des Fremden, als er von der geheimnisvollen Person in der Nähe des Paares erfuhr. Und sogleich folgerte Stommel, daß der Blonde seine eigene Prahlsucht dazu verwenden wolle, um sich eine Art Alibi zu schaffen, indem er ihn als Zeugen dafür verwerten möchte, daß nicht er, sondern eben jene geheimnisvolle Person in der Nähe des Ermordeten beobachtet worden sei.

Aus allen diesen Gründen reifte in „Krawattenpaul" der Entschluß, seinen Tischnachbar nicht mehr aus den Augen zu lassen, bis er dessen Wohnung ermittelt hätte.

Andererseits aber wurde der Fremde sehr stutzig, als der frühere Barbier sich in unbegreiflicher Zurückhaltung sträubte, über seine Persönlichkeit nähere Auskunft zu geben. Und er sagte sich deshalb: ein Mann, der den ganzen Vorgang beobachtet habe und sich dennoch so merkwürdig ablehnend und verbissen schweigsam verhalte, müsse entschieden durch sehr schwerwiegende Bedenken veranlaßt werden, sich in ein geheimnisvolles Dunkel zu hüllen, und solches Gebahren könne nur in einer Mittäterschaft Erklärung finden. Deshalb entschloß sich der Blonde, seinen verdächtigen Gesellschafter nicht aus den Augen zu lassen und zum mindesten dessen Schlupfwinkel festzustellen.

Aus diesen gegenseitigen Verdächtigungen ergab sich ein sonderbares Verhalten der beiden, die sich ohne es auszusprechen, unter gegenseitige Bewachung gestellt hatten, dergestalt, daß der eine den unauffäligen Abgang des anderen zu verhindern suchte. Ging „Krawattenpaul" einmal hinaus, dann folgte ihm der Fremde auf dem Fuße, und umgekehrt. Selbst die Häufigkeit einer solchen Promenade vermochte die Hartnäckigkeit der gegenseitigen Verfolger nicht abzuschwächen. - Deutete der Fremde an, die Tanzdiele verlassen zu wollen, erklärte sich Stommel hierzu ebenfalls bereit, wodurch auch beide Teile in ihrem Vergnügen zu kurz kamen. Der ehemalige Barbier mußte auf den Tanz verzichten, was ihm sehr unangenehm war, und der Fremde auf jede weitere Unterhaltung, obwohl er noch gehofft hatte, andere Anhaltspunkte und Einzelheiten zu erfahren. Stommel aber blieb schweigsam.

Etwas Abwechslung in dieses stille System gegenseitiger Beobachtung und Überwachung brachten nur die Pausen der Musik, wenn die beiden Mädchen mit ihren Begleitern an den Tisch zurückkehrten. Man widmete sich dann den Erfrischungen und lachte und scherzte miteinander, aber man vermied es geflissentlich, sich mit dem Fremden in eine Unterhaltung einzulassen.

Allmählich leerte sich der Tanzraum, denn die Polizeistunde war schon überschritten. Die „Valutenderin" ging mit dem rumänischen Verehrer davon, die „Matrosentrude" ließ sich von einem der jungen Männer begleiten, und schließlich, als die Lampen schon verlöscht wurden, blieb den beiden „Verdächtigen" nichts anderes übrig, als ebenfalls den Heimweg anzutreten, nachdem noch am Garderobetisch ein schwieriges Stück Arbeit zu überwinden war, damit der eine dem anderen nicht zuletzt noch entwischte.

Vor der Tür der Konditorei begann eine neue Taktik. Stommel wartete darauf, daß der Fremde die Füße in Bewegung setzen sollte, andererseits hoffte der Blonde, den unangenehmen Begleiter bald wandern zu sehen, damit er ihn heimlich verfolgen und seine Wohnung ermitteln könne.

Dieser Doppelwachtposten zur unrechten Zeit und am unrechten Ort dauerte eine ganze Weile, bis „Krawattenpaul“ wegen der eiligen Heimfahrt seiner „Braut“ in Begleitung eines Liebhabers etwas unruhig wurde. Die Erna war nämlich schon mehrfach von mittellosen Kavalieren geneppt worden.

Zwar dachte er wohl daran, den Verdächtigen einer Schupo-Patrouille zu übergeben, die an ihnen vorüberging, aber teils mochte er mit den „Grünen“ nichts zu tun haben, teils fürchtete er, daß ihm seine Belohnung verlorengehen könnte.

Endlich faßte Stommel einen Entschluß und fragte im Tone möglichster Gleichgültigkeit: „Sie wohnen wohl ooch in der Nähe?“

„Ja“, erwiderte ebenso trocken der Fremde, „am Savignyplatz!“

„Na, denn hab'n wir ja een'n Weg“, gab der andere zurück, „ick bin ja denn sozusagen Ihr Nachbar!“

Und beide trotteten langsam den Kurfürstendamm hinunter, bis sie in die Knesebeckstraße einbogen und sich der Kantstraße näherten. Die spärliche Unterhaltung erstreckte sich auf ganz gleichgültige Dinge.

Vor seinem Haus angelangt, verabschiedete sich der Fremde ganz kurz, schloß das Tor auf und verschwand. Stommel rieb sich vergnügt die Hände. Jetzt, wo er die Hausnummer wußte, schien es ihm ein leichtes, die Persönlichkeit des Blonden feststellen zu lassen. Dieser aber hatte nicht daran gedacht, seine Wohnung unverrichteter Sache aufzusuchen;

denn kaum war der ehemalige Barbier über den Platz geschritten, als sich die Haustür wieder langsam öffnete und der Blonde, vorsichtig Umschau haltend, die Spur seines Begleiters sofort aufnahm.

„Krawattenpaul“ ging fröhlich vor sich hinpfeifend die Grolmannstraße hinunter und erreichte nach einer Zickzackwanderung durch wenig beleuchtete Gegend endlich die überbeleumundete Spreestraße im ältesten Stadtviertel Charlottenburgs. Vor einer hohen grauen Mietskaserne machte er halt, blickte sich noch flüchtig nach allen Seiten um und ging hinein.

Der Blonde war ihm bis hierher unbemerkt gefolgt; er notierte sich jetzt die Hausnummer und suchte sofort das nächste Polizeirevier auf, wo er trotz der vorgerückten Stunde seine Verdachtsgründe zu Protokoll gab. Dem Beamten fiel es nicht schwer, die Persönlichkeit des Verdächtigen zu identifizieren; denn Stommel war der Behörde wegen seines verbrecherischen Treibens bekannt und sollte demnächst wieder zur Verbüßung einer Gefängnisstrafe abgeholt werden. „Krawattenpaul“ liebte es nämlich nicht, der Aufforderung des Herrn Staatsanwalts zum Strafantritt Folge zu leisten, sondern zog es immer vor, sich nach Moabit feierlich einholen zu lassen. Jedenfalls war beabsichtigt, ihn wegen des Mordverdachts noch im Laufe der Nacht zu vernehmen.

Der Fremde, dem bei seinem, auf eigene Faust durchgeführten Ermittlungsunternehmen das Mißgeschick widerfuhr, selbst als Täter verdächtigt zu werden, war kein anderer als der Architekt Werner Holdtmann, der Jugendfreund der Hilma Stephany.

Seit seiner Zusammenkunft mit dem Rechtsanwalt Dr. Adler trieb es ihn mit aller Macht, Nachforschungen anzustellen, um durch das Auffinden einer anderen Spur, gemäß den Ratschlägen des Rechtsbeistandes, vielleicht die Befreiung seiner angebeteten Jugendfreundin, für die er heimlich in Liebe erglühte, zu erwirken.

So war er nun schon zwei Tage unterwegs, hatte in allen Lokalen, die Milner während seines kurzen Aufenthalts besuchte, Umfrage gehalten und sich mit dem amerikanischen Generalkonsul über etwaige Ermittlungen in Amerika besprochen. Er hatte ferner die Pensionswirtin in der Tauentzienstraße besucht, die er nach allen erdenklichen Kleinigkeiten ausfragte, und war endlich des Abends in der Tanzdiele selbst gelandet.

Holdtmann, ein Schwärmer von Natur und ein in sich gekehrter Mensch, hatte seine Leidenschaft für Hilma jahrelang in seinem Herzen verborgen gehalten und, obwohl er seelisch sehr gelitten, keinem Menschen hiervon auch nur andeutungsweise Erwähnung getan, am wenigsten dem Mädchen gegenüber. Im geheimen hoffte er freilich, daß sich hierzu Gelegenheit finden würde; er selbst aber unternahm nichts, eine solche Gelegenheit herbeizuführen. Erst durch die Zeitungsberichte über die Festnahme Hilmas und den schweren Verdacht, der auf ihr ruhte, wandelte sich sein stilles Liebessehnen in männliche Entschlossenheit. Er war sofort davon überzeugt, daß nur die unglückliche Verquickung besonderer Umstände ein so hartes Schicksal über das bedauernswerte Mädchen verhängt habe, und er fühlte, daß Hilmas Befreiung und Zukunft mit seinem eigenen Leben und Gedeihen so eng verknüpft sei, daß eine Erfolglosigkeit seines tatkräftigen Eingreifens den Untergang beider verursachen würde. Diese innere Überzeugung und die jahrelang in seinem Herzen glimmende Liebe, die nun plötzlich zu einer Leidenschaft von elementarer Kraft entflammt war, trieb ihn jetzt, alle geistigen und körperlichen Kräfte zu wagen, Arbeit und Existenz aufs Spiel zu setzen und die schwersten Entbehrungen und Leiden zu erdulden, um Hilmas Glück und dadurch seinen Seelenfrieden, vielleicht sogar die Liebe des angebeteten Mädchens zu erlangen.

Als zwei Schupoleute im Morgengrauen den Versuch machten, den „Krawattenpaul" nach der Polizeiwache zu bringen, erklärte ihnen die aus dem Schlaf geweckte „Valutenderin", daß ihr Untermieter vor einer halben Stunde fortgegangen sei. Ein Absuchen der kleinen Wohnung war ergebnislos.

Stommel hatte tatsächlich nichts Eiligeres zu tun gehabt, als mit dem ersten Stadtbahnzug nach dem Alexanderplatz zu fahren und dem betreffenden Dezernenten von seinen Wahrnehmungen in der geheimnisvollen Mordangelegenheit Kenntnis zu geben.

Da der Kommissar es nicht für ausgeschlossen hielt, daß ein Liebhaber der Hilma seine Hand im Spiele gehabt habe, wurden die Bekundungen des „Krawattenpaul" aufmerksam entgegengenommen.

„Krawattenpaul" glaubte sich schon im Besitz der ausgebotenen Belohnung und stolzierte vergnügt den langen Korridor hinunter, als ihn ein unerwartetes Mißgeschick ereilte.

Ein Kriminalbetriebsassistent, der die Kartei der

Leichtverbrecher bearbeitete, erkannte, als er dem geldgierigen Denunzianten auf dem Korridor begegnete, in dem elegant angezogenen jungen Mann den Gelegenheitsdieb Paul Stommel wieder, der bisher vergebens aufgefordert worden war, eine über ihn verhängte Gefängnisstrafe zu verbüßen.

Da es dem Beamten nach seinen Erfahrungen ratsam erschien, derartige unsichere Mitbürger bei der ersten und besten Gelegenheit an ihre Pflichten dem Staate gegenüber zu erinnern, lud er den verdutzten „Krawattenpaul“ freundlichst ein, bis zur Abholung mit der „grünen Minna“, dem Polizeiwagen, in einer Zelle des Präsidiums Quartier zu nehmen.

Unter schwerem Verdacht

Der Architekt Werner Holdtmann war von der Wichtigkeit seiner neuentdeckten Spur so fest überzeugt, daß er den Entschluß faßte, den Rechtsanwalt Dr. Adler hiervon sofort in Kenntnis zu setzen.

Andererseits hielt die Polizei aber die Verdachtsgründe gegen Hilmas Jugendfreund und Verehrer für so dringend, daß der Staatsanwalt einen Haftbefehl gegen ihn erließ.

Dies geschah mit solcher Schnelligkeit, daß bereits um die Mittagsstunde des nächsten Tages zwei Kriminalbeamte in der Wohnung des Architekten erschienen, um dessen Überführung nach Moabit zu bewirken.

Aber Holdtmann war zu Dr. Adler unterwegs.

Tatsächlich traf er denn auch zur angegebenen Zeit im Anwaltsbureau ein und begegnete hier dem Dr. Grellnick, der nach seiner Aussprache mit Hilma sich über seine weiteren Maßnahmen mit deren Rechtsbeistand besprechen wollte.

Der Chemiker und der Architekt kannten sich seit vielen Jahren, zwar nur oberflächlich und durch den gesellschaftlichen Verkehr mit der jungen Dame, aber der Beweggrund der beiderseitigen Besuche und die Gegenwart des Rechtsanwalts der Untersuchungsgefangenen brachte es mit sich, daß zunächst von nichts anderem als dem geheimnisvollen Mord und die Suche nach dem eigentlichen Täter gesprochen wurde.

Dr. Adler zeigte sich den Bekundungen Holdtmanns gegenüber sehr skeptisch, weil er nicht einzusehen vermochte, was den ehemaligen Barbier oder dessen Helfer veranlaßt haben sollte, den Amerikaner umzubringen, da eine Beraubung in dem öffentlichen, von zahlreichen Menschen angefüllten Tanzlokal von vornherein ausgeschlossen war. Nach seiner Ansicht käme, falls nicht ein Verbrechen ganz besonderer Art vorläge, lediglich ein geheimer oder verschmähter Liebhaber in Betracht, der die Tat aus Eifersucht begangen habe. Gegen eine solche greifbare Möglichkeit müßten alle anderen Mutmaßungen in den Hintergrund treten. Dies entspräche auch seiner jahrelangen juristischen Praxis und Erfahrung.

Dr. Grellnick stimmte dem Rechtsanwalt zu, während Holdtmann auf dem Standpunkt verharrte, daß Milner wahrscheinlich das Opfer eines Raubanfalls geworden sei, ohne daß jemand dies bemerkt habe. Die Tatsache, daß man viel Geld bei ihm gefunden habe, schließe keineswegs aus, daß er vielleicht in einer anderen Tasche noch viel mehr Geld oder Juwelen verborgen gehabt habe. Nach den Mitteilungen der Pensionswirtin solle der Amerikaner allerlei Kostbarkeiten und Raritäten gekauft haben, von denen freilich niemand bei ihm etwas gesehen oder gefunden habe. Es sei doch nicht von der Hand zu weisen, daß ein Verbrecher erst nach der heimlichen

Beraubung den Milner getötet habe, um das eine Verbrechen durch das andere zu verdecken und sich selbst und seinen Raub dadurch in Sicherheit zu bringen. Von einem verschmähten Liebhaber sei nicht die geringste Spur vorhanden; denn Fräulein Stephany habe keinen ihm unbekannten Verkehr gehabt. Er sei der einzige Jugendfreund, der mit ihr gelegentlich zusammengekommen sei, und gesellschaftlich habe sie bis vor etwa zwei Jahren nur noch zu Dr. Grellnick, einem älteren verheirateten Privatdozenten und zu einigen Berliner Familien Beziehungen unterhalten. Seitdem habe sie sehr zurückgezogen und nur ihrer wissenschaftlichen Ausbildung gelebt, so daß jede Liebesangelegenheit völlig ausgeschlossen sei.

Dr. Grellnick sah den Architekten, der seinen Worten schließlich einen begeisterten Schwung gab, ironisch lächelnd von der Seite an und sagte mit schlecht verhehlter Gleichgültigkeit, aus der doch eine gewisse innere Erregung zu erkennen war:

„Von Ihrem laienhaften Standpunkt aus mögen Sie nicht unrecht haben, Herr Holdtmann! Der erfahrene Jurist weiß aber, daß es auch Liebhaber gibt, von denen das Objekt der Liebe nie etwas erfahren hat, sogenannte stille Verehrer. Und da Hilma zu den äußerlich sehr reizvollen jungen Mädchen gehört und außerdem noch über Geist und erhebliche Reichtümer verfügt, mögen vielleicht mehrere solcher schwärmerischen Jünglinge nach ihr geschmachtet haben, ohne daß sie selbst einen einzigen Seufzer vernommen. Von einer derartigen Schwärmerei und geheimen Sehnsucht bis zur Beseitigung eines vermeintlichen Nebenbuhlers ist nur ein Schritt - eine Handlung im Affekt -, vielleicht menschlich zu begreifen, - ein Irrsinniger freilich, aber noch immer kein gewissenloser Verbrecher!

Es wäre für Hilma ein Glück gewesen, schon früher ihren Gatten zu wählen, dadurch hätte sie sich ihre Leidenszeit erspart. Schade, daß wir in den letzten Jahren meiner beruflichen Inanspruchnahme so wenig zusammengekommen waren!“

Der Architekt hatte sehr aufmerksam zugehört, während der Rechtsanwalt sich inzwischen mit seinen Akten beschäftigte. Nur der letzte Satz war ihm nicht recht verständlich, und deshalb blickte er Dr. Grellnick fragend an, als ob er noch eine erklärende Ergänzung erwarte.

Der Chemiker bemerkte dies wohl und fügte sofort mit dem gleichen ironischen Lächeln hinzu:

„Obwohl es eigentlich niemand etwas angeht, will ich Ihnen nicht verheimlichen, Herr Holdtmann, daß ich mich mit Hilma Stephany heimlich verlobt habe. Die Hochzeit soll sofort nach ihrer Freilassung erfolgen, das Aufgebot werden wir morgen beantragen. Sie werden begreifen, daß es für meine Braut besser gewesen wäre, sich früher in diesem Sinne zu entscheiden...!“

Ein heftiger Hustenanfall unterbrach Dr. Grellnick und hinderte ihn, weiterzusprechen. Sein Gesicht verfärbte sich grünlich-braun, und der Zigarettenrest flog in weitem Bogen aus seinem Mund.

Auf eine solche Erklärung war Holdtmann keineswegs gefaßt; denn er wußte, daß seine Jugendfreundin für den Chemiker keine Sympathien hatte, und sie deutete oft an, daß sie mit ihrem Halbvetter sehr ungern zusammenkomme, weil sie in seiner Nähe ein gewisses Gefühl gruseligen Unbehagens nicht loswerden könnte.

Die niederschmetternde Mitteilung, daß seine angebetete Hilma, für die er sein Leben hergegeben hätte, nunmehr für ihn unerreichbar sei, wirkte auf den schwärmerischen Architekten wie ein zündender Blitz aus heiterem Himmel. Zunächst starrte er, wie geistesabwesend und an allen Gliedern gelähmt, auf Dr. Grellnick. Dann begannen seine Lippen zu zittern, die Hautfarbe wurde aschfahl, und die Augen schlossen sich zuckend, als ob er plötzlich von einer schweren Krankheit befallen wäre.

Der Rechtsanwalt blickte mit dem Ausdruck der Verwunderung abwechselnd auf den Chemiker und Holdtmann, weil er sich nicht erklären konnte, weshalb der noch vor wenigen Minuten so lebensfrische und sprühende junge Mann mit einem Mal und ohne ersichtlichen äußeren Anlaß zusammengebrochen sei.

Dr. Adler erhob sich und fragte den Architekten teilnahmsvoll nach dem Ursprung des plötzlichen Unwohlseins, als das Bureaufräulein in demselben Augenblick hereintrat und meldete, daß sich zwei Herren soeben erkundigt hätten, ob ein Architekt Holdtmann im Sprechzimmer des Anwalts sei. Dr. Adler nickte bejahend, und kurz darauf überschritten die beiden Herren die Türschwelle. Der eine von ihnen legitimierte sich als Kriminalkommissar Vollmer, der andere als dessen Gehilfe.

Holdtmann, der die Worte des Fräuleins und der eintretenden Beamten vernommen hatte, bemühte sich, seine seelische Verstimmung zu meistern. Er reckte sich auf dem Stuhl in die Höhe und wendete seinen Kopf den beiden Herren zu, die sich ihm auch sogleich mit der Frage näherten, ob er der Architekt Holdtmann sei. Als er dies mit leiser Stimme und nicht wenig erstaunt bestätigte, wurde er für verhaftet erklärt und aufgefordert, den Beamten zu folgen.

Holdtmann erhob sich etwas verwirrt und schwankend. Wie ein Schlaftrunkener taumelte er einige Schritte zurück, sah den Kommissar fest und scharf an und rief mit lauter, aber vibrierender Stimme: „Was gibt Ihnen das Recht, über meine Freiheit zu verfügen?!"

Der Rechtsanwalt und Dr. Grellnick hatten sich ebenfalls erhoben und tauschten fragende Blicke, ohne vor Bestürzung ein Wort über die Lippen bringen zu können.

Dr. Adler fand zuerst seine Geistesgegenwart wieder. Er wandte sich an den Kommissar mit der Frage, ob denn ein ordnungsgemäßer Haftbefehl vorläge und ob es sich vielleicht nicht um eine Verwechslung handle.

Der Beamte griff in seine Brusttasche und überreichte dem Rechtsanwalt ein rötliches Blatt in Folioformat. Dr. Adler überflog hastig den Wortlaut des Haftbefehls, prüfte Unterschrift und Stempel und gab dem Kommissar das Papier dankend zurück; aber forschend betrachteten seine Augen den Architekten und maßen ihn vom Kopf bis zu den Füßen, wobei ein verächtliches Lächeln seine Mundwinkel leise umspielte. Dann schweiften seine Blicke zu Dr. Grellnick hinüber, der sich vergebens bemühte, aus dem sonderbaren und wortlosen Verhalten des Rechtsanwalts die Ursache des dramatischen Vorgangs zu ermitteln.

Der Architekt hingegen hatte die Beantwortung seiner Frage nicht erst abgewartet. Noch ehe der Kommissar das Papier wieder in seine Tasche versenken konnte, hatte er es ihm aus der Hand gerissen, - und kaum war ihm zu Gesicht gekommen, daß er unter dem dringenden Verdacht, den Amerikaner Fred Milner ermordet zu haben, in Untersuchungshaft genommen werden sollte, als er, laut aufschreiend, den Haftbefehl auf den Fußboden warf und den Beamten tobend und jammernd zurief:

„Das ist eine Wahnsinnstat der Justiz, ein Teufelsspuk hirnverbrannter Köpfe! Man beschuldigt mich eines Verbrechens, zu dem ich nicht im Traume fähig wäre! Mich wollen sie ins Gefängnis werfen, mich, der ich der einzige bin, der seit Tagen herumläuft, um eine Spur des wahren Täters zu ermitteln und ein schuldloses engelreines Geschöpf, das im Kerker schmachtet, aus den Krallen der verblendeten Justiz zu befreien, Hilma, die ich über alles liebe, der ich mein Leben gern zum Opfer bringen würde. Ja, wenn Sie mir versprechen, meine Hilma sofort in Freiheit zu setzen, will ich Ihnen bereitwillig folgen, sonst schleppen Sie nur einen Leichnam ins Gefängnis; denn meine Freiheit muß ich behalten, bis Hilmas Ketten gesprengt sind!" Holdtmann zitterte nach diesem Ausbruch seiner Leidenschaft am ganzen Leibe und klammerte sich mit beiden Händen an der Stuhllehne an, weil er umzusinken drohte.

Kriminalkommissar Vollmer trat einige Schritte

näher an den Beschuldigten heran und entgegnete ruhig und sachlich:

„Wir haben Ihnen nichts zu versprechen, sondern nur unsere Pflicht zu tun. Wenn Sie nicht freiwillig folgen, müssen wir Gewalt anwenden. Ich warne Sie vor einem Widerstand gegen die Staatsgewalt. Ohne uns an der Vollstreckung des Haftbefehls hindern zu können, würden Sie sich nach Paragraph 113 des Strafgesetzbuches nur strafbar machen. Als gebildeter Mensch sollten Sie wissen, wie Sie sich in solchem Falle Beamten gegenüber, die nur ihre Pflicht erfüllen, zu verhalten haben. Im übrigen steht es Ihnen frei, gegen den Haftbefehl den gesetzlichen Weg der sofortigen Beschwerde zu beschreiten. Der Herr Rechtsanwalt wird dies vielleicht noch in Ihrer Gegenwart tun, wenn Sie sich keiner verbrecherischen Handlung bewußt sind und...!"

Dr. Adler unterbrach den Kommissar und wehrte mit beiden Händen lebhaft ab. „Ich will mit der Sache nichts zu tun haben", sagte er bestimmt und etwas verärgert, „ich habe meine eigene Meinung über Herrn Holdtmann und möchte mich überdies nur den Interessen meiner Mandantin widmen!"

Der Chemiker blickte den Rechtsanwalt noch erstaunter an als zuvor und machte eine fragende Gebärde, die zum Ausdruck bringen sollte, daß er von dem ganzen Wirrwarr nichts begreife. Dr. Adler fing die stumme Bemerkung auf, ging einige Schritte erregt umher und warf dann wütend ein Aktenstück auf den Schreibtisch, indem er zu Dr. Grellnick gewendet ausrief: „Da hat man die alte Geschichte! Wochenlang macht man Kombinationen, sucht sogar in Amerika nach Beweggründen zu einem anscheinend außergewöhnlich geheimnisvollen Giftmord, und nun entpuppt es sich, daß die juristische Praxis schließlich doch recht behalten hat! Hab' ich's Ihnen nicht gesagt?! 'n einfacher Giftmord aus Eifersucht! Und Herr Holdtmann steht unter dringendem Verdacht. Er ist also einer der schwärmerischen Jünglinge, von denen Sie erst vor wenigen Minuten sprachen, Herr Doktor; einer, dessen Liebesseufzer von dem Objekt der Liebe nie vernommen wurden. Es ist mir unbegreiflich, wie ein Mann in reiferen Jahren solche Torheit begehen kann!"

Ein breites Grinsen gab dem gelblichen Gesicht des Chemikers etwas Teuflisches. Er zog gierig an seiner Zigarette und blies dicke Rauchwolken durch die Nase. „Hm... Hm!" sprach er halblaut vor sich hin, „die Sache ist nicht übel. Jetzt verstehen Sie auch, Herr Rechtsanwalt, weshalb der saubere Herr Holdtmann vorhin so eifrig für Raubmord plädierte und einen armseligen Kerl von Barbier als seinen persönlich entdeckten Täter unterschieben wollte. Aber Herr Holdtmann hat schlecht Komödie gespielt. Wir wissen sehr wohl, aus welchem Grund er plötzlich zusammenklappte, als Sie, Herr Rechtsanwalt, in weiser Erkenntnis der Dinge, davon sprachen, daß nur ein verschmähter Liebhaber sich an dem arglosen Amerikaner heimtückisch vergangen haben kann. Und daß Herr Holdtmann zu den Verschmähten gehörte, hm.. das hat ... hm.. das hat eben die Tatsache meiner Verlobung mit Fräulein Stephany bewiesen! Wenn ihn bisher nichts anderes verraten hat, so war doch der Zusammenbruch seiner Nerven vor zehn Minuten der beste Beweis für sein schuldbeladenes Gewissen. Ja, meine Herren, das Gewissen, das Gewissen... eine sonderbare Sache!“

Wieder schüttelte ein Hustenanfall den Dr. Grellnick so heftig, daß ihm die Augen aus den Höhlen traten und er fast zu ersticken drohte.

Der Architekt wandte sich jetzt an die beiden Männer, die, von seiner Schuld offenbar überzeugt, in so abfälliger Weise über ihn gesprochen hatten. Es wurde ihm ersichtlich schwer, den Sturm der Leidenschaften, der in ihm tobte, einzudämmen und soviel Ruhe aufzubringen, wie erforderlich war, den haltlosen Verdächtigungen entgegenzutreten.

„Ihre juristische Praxis hat Sie diesmal schmählich im Stich gelassen, Herr Rechtsanwalt!“ sagte er vorwurfsvoll und mit einem Unterton von Trotz, „der Schein trügt sehr oft, und diesmal ist der Wunsch der Vater Ihres Gedankens, weil Ihre Eitelkeit als Mensch und Anwalt berührt wird. Ich bin weder ein offener noch ein verschmähter Liebhaber von Fräulein Stephany gewesen, und der Amerikaner war mir völlig unbekannt. Es kann also von Eifersucht keine Rede sein. Daß ich Hilma, meine Jugendfreundin, leidenschaftlich verehre, ist eine Sache für sich. Und daß ich ihr nicht unsympathisch war, wird sie selbst wohl bestätigen. Wenn ich ihr meine Gefühle nicht offenbarte, so geschah dies deshalb, weil ich beruflich noch nicht so gefestigt war, mir einen eigenen Hausstand zu gründen, denn es widerspricht meinen Anschauungen von Mannesehre, einer Dame nur des Geldes wegen einen Heiratsantrag zu machen. Mein Gewissen ist frei von jeder Schuld; auch spricht nicht der Geist des Schwärmers aus mir, sondern die Stimme des Herzens, die selbstverständliche Ritterlichkeit eines Mannes, der ein schuldlos gefesseltes Weib befreien will! Und Sie, Herr Doktor, der in dem Zusammenbruch meiner Nerven ein schuldbeladenes Gewissen erblicken will, markieren den heimlichen Verlobten einer begüterten Dame und ahnen nicht, daß gerade Ihre Mitteilung der Ursprung meiner nervösen Erregung war. Nicht etwa aus Neid, Herr Doktor, weil Sie angeblich triumphieren, sondern weil ich in einer ehelichen Verbindung zwischen Ihnen und Hilma, wenn Ihre Angaben überhaupt zutreffend sind, den Anfang eines erschütternden menschlichen Dramas erblicke!"

Und mit erhöhter Stimme fuhr Holdtmann jetzt fort, und seine Augen sprühten Feuer, als er dem Dr. Grellnick zurief:

„Es ist nicht wahr, daß Sie die Liebe Hilmas errungen haben; denn Ihre Gegenwart verursachte in ihr von jeher einen tiefen Abscheu. Und wenn es Ihnen tatsächlich gelungen ist, ihr Eheversprechen zu erlangen, dann müssen Sie dies unter ganz besonderen Umständen erschlichen und das vielleicht eingeschüchterte Mädchen mit irgendwelchen Drohungen oder Lockungen umgarnt haben. Aber noch bin ich nicht davon überzeugt, daß Sie der bevorzugte und ich der verschmähte Liebhaber bin, wie Sie so höhnisch bemerkten. Das Gewissen der Zeit steht über uns, und der Lauf der Gerechtigkeit läßt sich ebensowenig ablenken, wie die Stimme des Herzens auf die Dauer zu unterdrücken ist. Aber das eine sage ich Ihnen, Herr Doktor...!"

Hier unterbrach Kommissar Vollmer höflich: „Verzeihung, meine Herren, wenn mich die Pflicht zwingt, Ihre Auseinandersetzung zu beendigen. Es war mir zwar sehr interessant, von dem Herrn Rechtsanwalt und dem Herrn Doktor zu erfahren, daß das Benehmen des Herrn Holdtmann schon vorher in Ihnen gewisse Verdachtsmomente aufkommen ließ, und ich werde Ihre Wahrnehmungen zu den Akten geben; aber jetzt muß ich entschieden darauf bestehen, den Häftling abzuführen!“ Und zu dem Architekten gewendet, fragte er in etwas schärferer Tonart: „Sind Sie nun endlich bereit, oder...?!“

Holdtmann umklammerte die Stuhllehne noch fester und sah dem Beamten starr und schweigend ins Gesicht.

Nun sprangen die beiden Männer wie auf ein verabredetes Zeichen auf den Architekten zu und versuchten, mit dem üblichen Polizeigriff seine Handgelenke zu umfassen und ihn aus dem Zimmer zu zerren.

Der Angriff mißlang. Holdtmann wehrte sich mit dem Mut eines Löwen und der Kraft eines verwundeten Stiers. Die Beamten flogen zur Seite, und der bedrängte Häftling, jetzt wohl kaum noch seiner Sinne mächtig, erhob den Stuhl mit beiden Armen und holte zu einem wuchtigen Schlag gegen den Kriminalkommissar aus. Der Rechtsanwalt und der andere Kriminalbeamte traten dem Architekten noch rechtzeitig entgegen und konnten so im letzten Augenblick noch eine folgenschwere Tat verhindern.

Dr. Grellnick, der seinem vermeintlichen Nebenbuhler während dessen Auseinandersetzung mit ihm nicht ins Gesicht sehen konnte und nervös an seinen schmalen Lippen nagte, verhielt sich zwar noch untätig, aber man merkte es ihm an, daß er darauf wartete, sich mit List in den Kampf um die Festnahme des „schwärmerischen Jünglings“ einzumischen.

Es entstand ein allgemeines Schreien und Toben. Der Kriminalkommissar drohte mit der Waffe und versuchte, den Häftling durch Befehlsworte im Kasernenhofton einzuschüchtern. Der Rechtsanwalt verbat sich energisch eine derartige Ruhestörung in seinem Hause und forderte Holdtmann auf, sein Sprechzimmer sofort zu verlassen. Und der von allen Seiten bedrängte Architekt schrie aus Leibeskräften: „Laßt mich in Ruhe und Freiheit, ich kämpfe nicht für mich, sondern für ein schuldlos eingesperrtes und gepeinigtes Weib. Nur über meine Leiche geht der Weg!“

Der Gehilfe des Kommissars hatte inzwischen die Handfesseln, eine Art von Knebeln, wie sie die Polizei bei wiederspenstigen Verbrechern anzuwenden pflegt, aus der Tasche gezogen und dem Kommissar ein Exemplar davon heimlich verabfolgt. Jetzt sprangen die Beamten wieder auf den Häftling zu; es gelang ihnen auch, die Knebel um die Handgelenke des Widersätzlichen zu werfen; aber bevor sie imstande waren, die Schnur durch die beiden Handgriffe zusammenzudrehen, versuchte Holdtmann wieder, sich der Fesseln zu erwehren. Beinahe wäre ihm dies geglückt, wenn nicht Dr. Grellnick dem Kriminalkommissar zur Hilfe herbeigeeilt und durch Festhalten des einen Armes das Zusammenschnüren des Knebels ermöglicht hätte. Dann eilte er dem anderen Beamten zu Hilfe, und sein Nebenbuhler war in einer Sekunde wehrlos und gefesselt.

Die harte und dünne Knebelschnur schnitt wie ein scharfes Messer in das Fleisch, drängte das Blut an den Pulsen zurück und verursachte unsagbare Schmerzen. Holdtmann ertrug diese Qual mit der trotzigen Standhaftigkeit eines Märtyrers; aber allmählich wurde er infolge des verhinderten Blutkreislaufs schwach und willig, und bevor er zusammenbrach, zogen ihn die Beamten aus dem Zimmer.

Seine Lippen bebten, und Schaumblasen traten aus seinem Mund. Während dicke Schweißperlen über sein Gesicht liefen, stöhnte er aus tiefer Brust:

„Hilma..., meine arme Hilma..., wer wird dich erretten!“

Dr. Grellnick ergriff schnell seinen Hut und Stock und folgte den Kriminalbeamten, für den Fall, daß seine Hilfe erforderlich sein sollte.

Auf der Straße wurde der Architekt in eine vorüberfahrende Droschke geschoben und geradewegs in das Untersuchungsgefängnis in Moabit eingeliefert.

Als der Chemiker nach einer knappen Stunde zum Anwaltsbureau zurückkehrte, begegnete er dem Dr. Adler, der sich bereits auf dem Heimweg befand, an der Haustür.

„Na, haben Sie den Wüterich endlich verstaut?“ fragte der Rechtsanwalt.

„Gottseidank!“ erwiderte Dr. Grellnick lachend, „der hat sich nicht umsonst seiner Haut gewehrt, er wußte, was ihm bevorstand!“

„Man wird ihm wohl schwerlich seine Tat beweisen können“, erwiderte Dr. Adler nachdenklich, „aber das Gewissen, das sich zur gegebenen Zeit doch offenbart, ist schließlich auch ein Indizium. Auf Wiedersehen, Herr Doktor!“

„Auf Wiedersehen, Herr Rechtsanwalt!“ entgegnete der Chemiker immer noch mit gezwungenem Lächeln und reichte Dr. Adler die Hand, „das Gewissen, ja, das Gewissen... ist doch ein sonderbares Ding!“

Das Lächeln des Dr. Grellnick verschwand allmählich. Er blickte sich noch einige Male um, ob der Rechtsanwalt ihm nachschaue, und sein Gesicht verfinsterte sich, sein Gang bekam etwas schleppendes.

Eine Likörstube warf ihr grelles Licht auf die Straße.

Dr. Grellnick trat hinein und goß hastig zwei Schnäpse hinunter.

Als er sich zufällig im Spiegel sah, schauerte er zusammen, schob seinen Rockkragen in die Höhe und stahl sich scheu hinaus.

Ein neuer Weg

Im Laboratorium des Chemikers Dr. Grellnick dampft und kocht es wieder in den Retorten und Kesseln und gelblichgraue Rauchschwaden durchziehen den Raum. Sonnenstrahlen dringen durch die hohen Fenster, bilden grelle Reflexe in buntschillernden Farben an den Gläsern und geben der Werkstatt heute ein freundlicheres Gepräge als sonst.

Auch der Chemiker selbst ist offenbar fröhlicherer Stimmung, er singt ein Liedchen vor sich hin und spricht zu seinem Diener Streichhan in witzigen und launigen Worten, was bisher nur sehr selten geschah. - Beide sind emsig an den Apparaten beschäftigt.

Es klopft etwas zaghaft an der Tür. Ein zweites und ein drittes Mal, aber ungeduldiger und eindringlicher.

Nach einem heiseren „Herein!“ des alten Dieners betritt ein wohlbeleibter, elegant gekleideter Herr mit feistem runden Gesicht das Laboratorium. Der Besucher, der sich zwar höflich verneigt, blickt sich mit seinen kleinen, stechenden Augen forschend um, als ob er den ganzen Betrieb auf seine Leistungsfähigkeit einschätzen wollte. Dr. Grellnick geht ihm entgegen und bittet ihn mit nachlässiger Bewegung, in der Nähe des Schreibtisches Platz zu nehmen.

Die Fröhlichkeit des Chemikers ist einer merklichen Verstimmung gewichen, er ist zurückhaltend, kleinlaut und verlegen.

Der Besucher wendet sich kurz um, ob jemand in der Nähe weile, und als er sich überzeugt hat, daß er ungestört sprechen kann, beginnt er flüsternd, aber dennoch mit einer gewissen Heftigkeit:

„Ich bin sprachlos, Herr Doktor! Meine Kontoauszüge und Mahnungen werden von Ihnen nicht einmal einer Postkarte gewürdigt. Was denken Sie sich eigentlich! Glauben Sie, ich habe mein Geld gestohlen, um Ihnen Chemikalien umsonst zu liefern? Und noch dazu, wie Sie den Preis gedrückt haben und dreißig Tage Ziel?! Jetzt sind neunzig Tage daraus geworden, und das Geld ist so entwertet, daß ich mir mit der Summe nicht einmal eine einzige Säureflasche kaufen kann. Ist das der Dank für mein Entgegenkommen? Also, meine Geduld ist jetzt zu Ende, Herr Doktor! Entweder zahlen Sie oder ich übergebe die Sache heute meinem Rechtsanwalt!"

Der ungemütliche Gläubiger erhob sich rasch und griff nach Hut und Stock. Dr. Grellnick, der diesen Angriff auf seine Geldtasche mit Gleichmut ertragen hatte, drückte seinen Gläubiger wieder sanft in den Stuhl zurück und flüsterte ihm mit geheimnisvoller Miene zu: „Sie werden sich gleich beruhigen, Herr Goldstein, wenn ich Ihnen eine Neuigkeit mitteile, die Sie bestimmt nicht erwartet haben!"

„Nu also, dann haben Sie Geld und werden mir

eine größere Abschlagszahlung machen. Das habe ich bei Gott nicht erwartet!“ entgegnete der Gläubiger freudestrahlend.

„Noch nicht, Herr Goldstein, noch nicht“, fuhr der Chemiker in derselben geheimnisvollen Tonart fort, „aber sehr bald, und dann gleich einen stattlichen Posten auf einmal. Ich habe mich nämlich mit einer sehr reichen jungen Dame heimlich verlobt. Die Sache soll aus bestimmten Gründen noch nicht öffentlich bekanntgegeben werden; aber ich glaube, wir werden schon im nächsten Monat Hochzeit feiern, und dann bekommen Sie alles auf einen Tisch gezahlt. Meine Braut hat erst kürzlich eine beträchtliche Dollarerbschaft angetreten, Millionen über Millionen sage ich Ihnen...!“

Herr Goldstein war schon während dieser Worte aufgestanden; jetzt brach er die Unterhaltung plötzlich ab und wandte sich der Tür zu.

„Lassen Sie mich mit Ihrem Schmus in Ruhe“, knurrte er verbissen, „ich kenne Ihre Schmonzes zur Genüge und werde Ihnen sagen, was Sie sind. ’n Schwindler und Betrüger sind Sie, der die Leute zum Narren hält und das Geld der Lieferanten mit Frauenzimmern durchbringt. Ich werde es Ihn’n anstreichen; Ihr ganzes Lügenlaboratorium lasse ich Ihn’n versiegeln, wenn Sie mir morgen nicht fünfzigtausend Mark zahlen und in jeder Woche mindestens die gleiche Summe. So wahr ich hier stehe, diesmal lasse ich mich nicht mit Ihren Erbschaften und reichen Bräuten vertrösten!“

Mit lautem Krach fiel die eiserne Tür ins Schloß. Dr. Grellnick schaute dem Gläubiger verblüfft nach und schüttelte unwillig den Kopf, denn die Wut des

Herrn Goldstein kam ihm gerade in der gegenwärtigen Zeitspanne sehr ungelegen. Nachdenklich saß er eine ganze Weile an seinem Schreibtisch, starrte dann ins Leere, erhob sich, ging mit langen Schritten umher und entschloß sich endlich fortzugehen.

Als der „Scheff“ mit kurzem Gruß das Laboratorium verlassen hatte, brummte Streichhan vor sich hin: „Mir kann keener for dumm verkoofen, ick weeß Bescheed. Nu is er wieder brejendöflich! Nach meine Vastehste hätt' er sich doch an det Übel jewöhn'n müssen, denn der is doch nich der eenz'je!“

Nach einer reichlichen halben Stunde befand sich Dr. Grellnick bei Hilma im Untersuchungsgefängnis.

Ohne einleitende Freundlichkeiten ging er nach flüchtigem Gruß sofort zu dem eigentlichen Zweck seines Besuches über. Er sprach kühl und sachlich von den bisherigen Bemühungen, dem Verbrechen auf die Spur zu kommen, von den langwierigen Konferenzen mit Dr. Adler und schließlich von der Notwendigkeit, dem Rechtsanwalt einen Honorarvorschuß von fünfzigtausend Mark zu zahlen.

Hilma trug kein Bedenken, ihm diesen Betrag durch ihre Bank überweisen zu lassen, damit er die Angelegenheit mit dem Rechtsanwalt persönlich erledige.

Nach einigen allgemeinen Redewendungen über gleichgültige Dinge, und nachdem der Chemiker noch pflichtschuldigst die baldige Befreiung des Mädchens in Aussicht gestellt hatte, empfahl er sich mit galantem Handkuß und verließ das unheimliche Gebäude diesmal ohne besondere innere Erregung.

Von Holdtmanns Verhaftung hatte er merkwürdigerweise kein Wort erwähnt.

Inzwischen hatte der Architekt seine seelische Ruhe wiedergefunden.

Anspruchslos von Natur, und den Geist mehr auf ideale Bereicherung als auf materiellen Genuß gerichtet, bot ihm die kleine Gefängniszelle mit den kahlen Wänden besondere Gelegenheit zur Selbstbetrachtung.

Zwar hatte ihm der Untersuchungsrichter bei seiner letzten Vernehmung gesagt, daß eine Anzahl Zeugen, mit denen er in der Tanzdiele an einem Tisch gesessen, ihn sehr belastet hätten, er möge daher ein freimütiges Geständnis ablegen und durch die Reue die Milde seiner Richter zu gewinnen suchen. Aber diese anscheinend sehr ungünstige Lage, die sich noch dadurch verwickelter gestaltete, daß man bei einer Durchsuchung seiner Wohnung Gifte für photographische und chemisch-technische Zwecke vorfand, verwischte keineswegs die Klarheit seiner Gedanken, mit denen er sich in der Einsamkeit beschäftigte.

Im Vergleich zu Hilmas Geschick war ihm seine eigene Bedrängnis höchst gleichgültig. Er hatte auf niemand Rücksicht zu nehmen. Seine Eltern waren längst verstorben und seine Verwandten in Ostpreußen unterhielten keine Verbindung mit ihm. So völlig von allem losgelöst, was ihm vielleicht Rückhalt und Ziel gegeben hätte, konnte er ganz in dem einen Wunsche aufgehen, sich selbst einer Jugendfreundin zum Opfer zu bringen. Er überlegte lange, was er jetzt, wo man ihn selbst der Freiheit beraubt habe, für Hilmas Befreiung noch unternehmen könnte, und schließlich gelangte er zu der Überzeugung, daß es nur eine einzige Möglichkeit gebe, nämlich der Ermahnung des Untersuchungsrichters Folge zu leisten, den Mord auf sich zu nehmen und durch ein solches Geständnis Hilma sofort zu entlasten.

Während er sich eingehend damit beschäftigte, die Gründe und Vorgänge der angeblichen Tat möglichst glaubhaft zu konstruieren und zu Papier zu bringen, wurde Hilma aus der Haft entlassen, weil die vorhandenen Indizienbeweise zur Erhebung einer öffentlichen Anklage nicht genügten, und vor allem, weil die ganze Angelegenheit durch die Festnahme des Architekten Holdtmann eine andere Wendung bekommen hatte.

Den ersten glücklichen Tag der Freiheit durchlebte Hilma in ihrem künstlerischen Heim, indem sie sich der Musik hingab und ihre Gedanken wieder leidlich in Ordnung brachte; am nächsten Nachmittag aber galt ihr erster Weg dem Rechtsanwalt Dr. Adler.

Die Aufhebung des Haftbefehls war dem Rechtsanwalt selbst von der Staatsanwaltschaft noch nicht zugegangen, so daß er überrascht und zugleich erfreut war, seine Klientin vor sich zu sehen.

Nach den einleitenden Dankesworten für die aufopfernde und erfolgreiche Tätigkeit des Verteidigers kam das Gespräch naturgemäß sehr bald auf die Ursache der plötzlichen Haftentlassung, und Dr. Adler erzählte nun mit allen Einzelheiten, wie der Architekt Werner Holdtmann in seinem Sprechzimmer und in Gegenwart des Dr. Grellnick unter dem dringenden Verdacht der aus Eifersucht begangenen Tat verhaftet worden sei, daß der Beschuldigte sich zwar heftig gewehrt und seine Schuldlosigkeit beteuert habe, daß er selbst ihn aber auch für den Täter halte. Und lächelnd fügte der Rechtsanwalt hinzu: „Allerdings unter mildernden Umständen, denn er ist von Jugend an sterblich in Sie verliebt, was ich ihm wohl nachfühlen kann!“

Der jungen Dame schoß das Blut in den Kopf. Es war nicht zu erkennen, ob die überraschende Mitteilung oder eine tiefe Gemütserregung sie so plötzlich erhitzt hatte. Und sie brauchte auch geraume Zeit zur inneren Sammlung, bis sie die Sprache wiederfand und mit bewegter Stimme entgegnete:

„Was Sie mir soeben erzählten, Herr Rechtsanwalt, ist für mich so unfaßbar, daß ich vor einem unlösbaren Rätsel stehe. Mit Werner Holdtmann bin ich wie eine Schwester aufgewachsen, wir haben uns so gern gehabt, daß wir nicht einen einzigen Tag ohne einander verbringen konnten. Noch bis in die letzte Zeit kamen wir häufig zusammen, aber niemals hat Holdtmann mir auch nur andeutungsweise offenbart, daß er für mich mehr empfinde als Freundschaft. Ich halte es wieder einmal für einen Mißgriff der Polizei, einen Mann wie meinen Jugendfreund Holdtmann unter solchem Verdacht festzunehmen. Ich kenne seinen Charakter und lege meine Hand dafür ins Feuer, daß er mit der geheimnisvollen Geschichte nicht das mindeste zu tun hat. Wir müssen selbstverständlich alles daran setzen, ihn wieder freizubekommen; ich bitte Sie daher, seine Verteidigung zu übernehmen, Herr Rechtsanwalt. Für die Kosten verpflichte ich mich Ihnen natürlich!“

Dr. Adler zog die Augenbrauen in die Höhe,

schaute mit ernstem Blick über den Kneifer hinweg zu Hilma hinüber und sagte mit leichtem Nachdruck:

„Ich bedaure, mein Fräulein! Holdtmann hat mir bereits seine Verteidigung selbst angeboten und ich habe abgelehnt, weil ich gegen meine Überzeugung nicht handeln kann. Sie scheinen nicht zu wissen, Fräulein Stephany, welche merkwürdigen und dummen Streiche durch die Liebe geschehen. Man staunt oft selbst in der Praxis über die eigenartigsten Seitensprünge des menschlichen Verstandes, sogar bei ernsten, gebildeten und hervorragend tüchtigen Menschen, die durch verschmähte Liebe, was eigentlich nichts anderes als eine Art Eigensinn bedeutet, veranlaßt werden. Also, legen Sie Ihre schöne Hand lieber nicht ins Feuer, es wäre schade darum!"

Hilma war offensichtlich sehr niedergedrückt. Sie sprach kein Wort mehr und schaute den Rechtsanwalt, der sich mit seinen Akten zu beschäftigen begann, forschend und fragend an, als ob sie von ihm einen Rat erwarte, was in der Sache nun schnellstens zu tun sei.

Dr. Adler fühlte die Augen seiner Klientin auf sich ruhen, und ohne von seinen Akten aufzublikken, sprach er fast gleichgültig vor sich hin:

„Im übrigen steht es Ihnen doch frei, sich für Ihren Jugendfreund einen anderen Rechtsbeistand zu wählen; ich möchte Ihnen den Justizrat Dr. Perls empfehlen, der in Strafsachen sehr bewandert ist."

Hilma erhob sich schüchtern, um den Rechtsanwalt bei seiner Beschäftigung nicht zu stören, wartete einen günstigen Augenblick ab, als er seine Feder wieder eintauchte, bedankte sich und ging hinaus.

Auf der Straße jagten ihr hundert Gedanken durch den Kopf. Einerseits war sie unschlüssig, ob sie den Justizrat Dr. Perls sofort aufsuchen sollte oder ob es angebrachter sei, erst mit Holdtmann zu sprechen. Andererseits wußte sie nicht, wie sie sich ihrem Jugendfreund gegenüber verhalten sollte, nachdem sie aus dem Munde ihres Rechtsanwalts erfahren hatte, daß er in sie verliebt sei. Dann ärgerte sie sich wieder über seine Unentschlossenheit, sich ihr offenbart zu haben; und die Gründlichkeit, mit der sie diese Frage behandelte, ließ darauf schließen, daß der flüchtige Schatten des Ärgers über ihren Jugendfreund nicht nur verstandesgemäß zum Ausdruck kam.

Und sogleich fiel ihr auch Dr. Grellnick ein. Sie wunderte sich, daß er ihr von der Verhaftung Holdtmanns nichts erzählt hatte, obwohl im doch die Jugendfreundschaft hinreichend bekannt war und er selbst noch vor einigen Jahren zu beobachten Gelegenheit hatte, daß sie und Werner wie zwei Geschwister miteinander verkehrten. Diese merkwürdige Schweigsamkeit des Chemikers und Halbvetters in einer so außergewöhnlich wichtigen und dringlichen Sache, machte sie stutzig, denn sie vermochte trotz vielfacher Erwägungen keine Erklärung hierfür zu finden.

Um aus allen Zwiespältigkeiten herauszukommen und zugleich eine Grundlage für ihr künftiges Tun zu gewinnen, entschloß sie sich, ihren Jugendfreund am nächsten Vormittag in seiner Zelle aufzusuchen.

Als die Gefängnistür sich öffnete und der Häftling das Wesen hereintreten sah, um das er bangte und litt, war es ihm, als ob ein Traum ihn umfangen hielt und Hilmas Lichtgestalt ihm erscheine, um ihn zu trösten und seiner bekümmerten Seele Mut und Hoffnung für die Zukunft einzuflößen.

Hilma selbst tief bewegt, erkannte sofort die sinnverwirrende Wirkung ihrer Anwesenheit; sie eilte auf ihn zu und streckte ihm beide Hände mit dem Ausruf entgegen: „Aber, Wernerchen, du bist gar zu niedergeschlagen, ich erkenne dich kaum wieder! Ein Mann wie du muß sich über solche Scherze des Schicksals hinwegsetzen können. Nur Geduld, bald ergeht es dir ebenso wie mir. Durch Nacht zum Licht! Ich komme gerade deshalb zu dir, um mit dir zu besprechen, was ich für dich tun kann. Von hier aus gehe ich gleich zu einem Justizrat, der mir von Dr. Adler als besonders tüchtig empfohlen wurde. Also, erzähle mir zunächst, was du verbrochen hast, um dich der Gastfreundschaft dieses Staatshotels zu erfreuen!"

Wenn Hilma glaubte, durch ihre burschikose Begrüßung den Jugendfreund zuversichtlicher oder fröhlicher gestimmt zu haben, so erreichte sie ihren Zweck keinesweg; denn Holdtmann machte ein Gesicht, als ob ihm das Weinen sehr nahe sei, und er schien auch nicht zu wissen, was er ihr sofort antworten sollte.

Zunächst erhob er sich und bot seiner liebenswürdigen Besucherin den einzigen Schemel an, der sich in dem kleinen Raum befand. Dann ging er einige Schritte laut seufzend auf und ab, drehte sich plötzlich um und sprudelte heraus: „Was ich verbrochen habe, willst du wissen?! Nichts, absolut nichts! Als ich von deinem Unglück erfuhr, wanderte ich umher, in der Hoffnung, eine Spur des Täters zu ermitteln und dich zu befreien. So landete ich auch in der ominösen Tanzdiele und fand an einem Tisch Platz, an dem offenbar eine zweideutige Gesellschaft saß. Ein Kerl aus diesem Kreis schien mir sehr verdächtig. Ich verfolgte ihn, stellte seine Wohnung fest und denunzierte ihn bei seinem ständigen Polizeirevier. Am nächsten Tag verhaftete man mich im Sprechzimmer des Dr. Adler und in Gegenwart deines Bräuti...m, deines Halbvetters Dr. Grellnick, der sogar den Beamten zu Hilfe kam, als ich mich, meiner Sinne nicht mehr mächtig, zur Wehr setzte. Das ist alles!“

Hilma hatte dieser Erklärung nur mit halbem Ohr zugehört, da ein anderer Gegenstand ihre Aufmerksamkeit zu sehr in Anspruch nahm. Auf dem kleinen Tisch an der Wand, vor dem sie saß, befand sich nämlich außer der in jedem Gefängnis üblichen Bibel ein Bogen Kanzleipapier, eng beschrieben mit der Handschrift des Untersuchungsgefangenen und an die Staatsanwaltschaft adressiert. Neugierig überflog sie die Zeilen, und als Holdtmann in seiner Rede zu Ende war, nahm sie das Papier in die Hand, schaute verwundert und fragend auf ihren Jugendfreund und sagte in einem Tonfall, der Zweifel und Mitleid enthielt: „Indiskreterweise kommt mir der Inhalt dieser Eingabe zu Gesicht, liebes Wernerchen, ich weiß nicht, was ich davon halten soll, denn der Gegensatz zwischen dem, was du mir soeben erzähltest und dieser eigenhändig geschriebenen Selbstbezichtigung ist so kraß, daß ich dich doch um Aufklärung bitten muß. Ich wüßte sonst nicht, wie ich den Justizrat informieren sollte."

„Ach so", rief Holdtmann etwas bestürzt und verlegen aus, „das ist nichts, das hat keinen Wert!" sprang hinzu, nahm ihr das Papier aus der Hand, zerriß es und warf die Fetzen in den Mülleimer.

Hilma erhob sich langsam, ging ihrem Jugendfreund entgegen, legte beide Hände auf seine Schultern; und indem sie ihm zärtlich in die Augen sah, sprach sie mit einschmeichelnder Stimme: „Du mußt nicht so aufgeregt sein, Wernerchen, ich meine es doch gut mit dir. Sieh mal, dadurch, daß du ein geschriebenes Geständnis vernichtest, kannst du doch meine Frage nach einer Erklärung für dein zweideutiges Verhalten nicht beseitigen?! Wenn das Papier keine Bedeutung hat, dann hätte ich gern gewußt, warum du es erst geschrieben hast, um es später zu vernichten? Ich kann das beim besten Willen nicht begreifen!"

Holdtmann schlug die Augen nieder und seine Lippen zitterten nervös, als er mit einem tiefen Seufzer stoßweise hervorbrachte: „Ach, Hilma, du kannst mir glauben, was ich dir sagte. Es ist alles richtig. - Mein Geständnis ist durch deine Haftentlassung überholt und deshalb wertlos. - Es war nur fingiert, um dich zu retten!"

„Großer Gott!" schrie Hilma auf, „welch ein Glück, daß ich im rechten Augenblick zu dir kam, du wärest sonst verloren gewesen!"

„Ich bin es auch so!" murmelte der Architekt vor sich hin, und zu Hilma gewendet, sagte er mit fester, fast jubelnder Stimme: „Für dich, Hilma, ist mir kein Opfer zu groß. Mein Leben galt deine Freiheit.

Nun ist es zu spät, da du meiner nicht mehr bedarfst!“

Er sank auf den Schemel nieder und barg sein Gesicht in beiden Händen. Hilma trat dicht an ihn heran, streichelte sein Haar und flüsterte ihm mit schmerzerfüllter Miene und doch mit dem süßesten Wohlklang ihrer Stimme zu:

„O wie schön ist es, mein liebes Wernerchen, daß ich Treue mit Treue vergelten kann. Und mein Herz schlägt vor Freude, dir mit ganzer Kraft beistehen zu dürfen, bis ich dich wieder frei und glücklich sehe. Lebe wohl, sei stark im Schmerz und vertraue mir!“

Holdtmann blickte nicht mehr auf. Sein ganzer Körper schüttelte sich, als ob er schluchze.

Hilma konnte den Anblick nicht mehr ertragen. Ihre Augen füllten sich mit Tränen, und ihr Gesicht rötete sich vor innerer Erschütterung. Auf den Zehenspitzen schlich sie sich hinaus, als ob es gelte, einen Kranken nicht zu stören.

Als Dr. Grellnick gelegentlich einer telephonischen Anfrage bei Rechtsanwalt Dr. Adler erfuhr, daß Hilma aus dem Gefängnis entlassen und das Verfahren eingestellt sei, eilte er schleunigst zu ihr, um sie zu beglückwünschen und sich so recht in den Vordergrund zu stellen, indem er darauf hinwies, daß es seinen aufopfernden Bemühungen nun doch endlich gelungen, ihr die köstliche Freiheit wieder zu verschaffen.

Hilma war zu niedergedrückt, als daß sie sich beglückt und erfreut zeigen konnte. Und nach der Ursache ihrer Verstimmung befragt, gab sie an, daß das Schicksal ihres Jugendfreundes Holdtmann ihr zu Herzen gehe. Und gleichzeitig fügte sie verwundert hinzu: „Im übrigen verstehe ich nicht, weshalb Sie mir ein so erschütterndes Ereignis verheimlicht haben. Es war Ihnen doch bekannt, wie eng befreundet wir sind. Und daß Sie sich sogar dazu herbeiließen, bei der Festnahme meines Jugendfreundes behilflich zu sein, finde ich geradezu empörend!“

Dr. Grellnick war auf einen ganz anderen Empfang gefaßt und auf solche Vorwürfe nicht im geringsten vorbereitet. Verlegen nagte er an seiner Unterlippe, und erst nach einer ganzen Weile räusperte er sich umständlich und erwiderte kleinlaut: „Ja. mein Gott, das habe ich eben vergessen, vollständig vergessen, weil ich mit meinen Gedanken immer bei Ihnen war. Und daß ich dem Kriminalkommissar behilflich war, den widerspenstigen Burschen abzuführen, hatte seinen guten Grund. Die Beleidigungen und Verdächtigungen, die er in bezug auf Ihre Person mir vor den anwesenden Männern ins Gesicht schleuderte, reizten mich zur Wut, und so...“

Hilma unterbrach ironisch: „Sollten Sie sich nicht verhört haben?! Ich komme nämlich soeben von Holdtmann und werde seinetwegen heute zu einem Rechtsanwalt gehen. Bei meinem Besuch in seiner Zelle habe ich übrigens den tatsächlichen Beweis dafür bekommen, daß seine Gesinnung gegen mich eine ganz andere war und noch ist, als Sie mir soeben erzählen zu müssen glauben!“

„Ganz richtig, ganz richtig“, erwiderte Dr. Grellnick jetzt hastig, „die Sache liegt so, daß er in Sie seit vielen Jahren verliebt ist, und zwar in der Weise, wie dies bei solchen schwärmerischen Jünglingen immer der Fall zu sein pflegt, und seine Äußerungen in dieser Beziehung habe ich natürlich als Beleidigung, ... hm..., wie so etwas natürlich immer eine verschiedenartige Auffassung zuläßt. Das ist nun mal persönlicher Geschmack, persönliche Empfindung, ... hm..., weil nun eben... hm - der andere Teil auch bis über beide Ohren verliebt - natürlich - hm - mit mehr männlichem Einschlag - und dem Bewußtsein der Selbständigkeit. Für mich ist die Sache erledigt, ich habe ihm längst verziehen, auch in Ihrem Namen!"

Hilma spielte nachdenklich mit ihren schlanken Fingern, ohne den Chemiker anzusehen.

„Und Sie glauben an seine Schuld?" fragte sie nach einer langen Pause nachdrücklich und gedehnt.

„Hm - diese Frage ist schwer zu beantworten", murmelte Dr. Grellnick vor sich hin, aber doch so, daß das Fräulein die Worte vernahm. - Je mehr er aber nach einer geeigneten Erwiderung suchte, desto mehr verfinsterte sich sein Gesicht und die Augen versanken immer tiefer in ihre Höhlen und die schmalen Lippen wurden aschfahl, als er schließlich mit etwas vibrierender Stimme fortfuhr: „Ich möchte der Justiz nicht vorgreifen. Sprechen Sie nur mit dem Rechtsanwalt. Ich will Sie auch nicht länger stören; denn Sie sind nicht in der Verfassung, um mit mir die Angelegenheit zu besprechen, um derentwegen ich gekommen bin, nämlich um die Einlösung Ihres Versprechens, und ich glaube, etwas mehr gute Laune dürfte wohl erforderlich sein, um eine so wichtige Lebensfrage mit Grazie und Anmut... zum Abschluß zu bringen. Nach meiner Auffassung darf die Verlobungsstunde zweier Menschen keinen Raum für kriminelle Erörterungen bieten. Ich werde mir gestatten, mich morgen wieder nach Ihrem Befinden zu erkundigen."

Dr. Grellnick erhob sich rasch, küßte dem Fräulein mit gesellschaftlicher Gewandtheit die Hand und empfahl sich.

Hilma hatte das Gefühl, als ob ihr jemand eine empfindliche Ohrfeige versetzt hätte, und eine leichte Schamröte stieg ihr ins Gesicht. Sie machte sich Vorwürfe, ihren Befreier vielleicht doch etwas zu taktlos und undankbar behandelt zu haben, und bedauerte den ironischen Ton einem Manne gegenüber, der nach seinem Auftreten und Handeln ihr geistig weit überlegen war.

Nach der Rücksprache mit Fräulein Stephany begab sich Justizrat Dr. Perls am nächsten Tag zu Holdtmann und hatte mit ihm eine sehr lange Unterredung.

Der in Strafsachen außerordentlich bewanderte und gesuchte Verteidiger hielt sich frei von jedem Vorurteil und vertrat nur den Standpunkt, daß der Täter in den Kreisen der Hilma und des Amerikaners zu finden sei. Fräulein Stephany sei im Besitz einer Millionenerbschaft gewesen und Milner habe gleichfalls Millionen in Dollars in der Tasche gehabt. Da eine Beraubung in der Tanzdiele unmöglich gewesen sei, könne der Täter es auch auf die Millionen der Dame abgesehen haben, und nur durch einen Zufall sei der Amerikaner vielleicht dem Verbrechen zum Opfer gefallen. Jedenfalls halte er es zunächst für das Wichtigste, alle Persönlichkeiten, die mit Hilma und dem Amerikaner in

Berührung gekommen seien, gründlich auf Herz und Nieren zu prüfen, und er empfahl schließlich, die Nachforschungen in dieser Richtung dem ihm bekannten und als findig erprobten Detektiv Dörries anzuvertrauen.

Wenige Stunden später befand sich der Detektiv im Privatbureau des Justizrats und notierte sich alle Informationen bis in die kleinsten Einzelheiten, bis er schließlich bei der Verhaftung des Holdtmann und der Beihilfe des Dr. Grellnick stutzig wurde. Der Justizrat sah ihn verblüfft an: „Nun, und was finden Sie dabei?" fragte er neugierig.

„Sehr viel!" erwiderte trocken der Detektiv, „es ist doch sehr auffallend, daß ein gebildeter Mann sich zum Helfer der Polizei hergibt und einem Mann gleichen Standes Handfesseln anlegen läßt, obwohl er, wohlverstanden, obwohl er in dem Augenblick von der Schuld des Festgenommenen nicht überzeugt sein konnte. Also, mußte er ein Interesse daran haben, den Verhafteten als schuldig hinzustellen. Mit dieser merkwürdigen und sehr auffallenden Erscheinung steht auch sein Verhalten dem Fräulein Stephany gegenüber in Verbindung. Was mag ihn nur veranlaßt haben, die aufregende Szene im Sprechzimmer des Dr. Adler zu verheimlichen, obwohl ihm doch bekannt war, daß es sich um einen Jugendfreund der Dame handle?! Ich habe das Gefühl, daß dieser Dr. Grellnick in der Mordsache seine Hand im Spiel gehabt hat, und meine nächste Aufgabe wird es daher sein, mir diesen Herrn etwas näher anzusehen!"

Der Justizrat wiegte seinen ergrauten Kopf hin und her. „Nicht übel kombiniert", sagte er beiläufig,

„ich wünsche Ihnen viel Glück zu Ihrer kühnen Hypothese!"

Der Detektiv empfahl sich und ging sofort an die die Arbeit.

Einige Tage später wurde die Verlobung des Fräulein Stephany mit Herrn Dr. Grellnick öffentlich bekanntgegeben.

Kokain und Salvarsan

Nach den ersten zeitraubenden Beobachtungen erkannte der scharfsinnige und in schwierigen Kriminalfällen erprobte Detektiv Dörries, daß er sich hier auf ein eng begrenztes und fast undurchdringliches Gebiet begeben hatte.

Die Wochen seit dem geheimnisvollen Abend in der Tanzdiele waren so schnell vergangen, daß die wenigen Menschen, die mit dem Amerikaner überhaupt in Berührung gekommen waren, sich nur noch sehr dunkel gewisser Einzelheiten erinnern konnten. Aber nichts von all diesen Nachforschungen erbrachte irgend etwas Bemerkenswertes. Um so mehr glaubte er, den Erfolg im Laboratorium des Chemikers Dr. Grellnick zu finden.

Es ergab sich jedoch, daß auch in dieser Beziehung seine Hoffnungen zu hoch gespannt waren. Zwar ermittelte der Detektiv sehr schnell die Gewohnheiten des Chemikers; aber in dessen Abwesenheit gelang es ihm nie, den Arbeitsraum zu betreten, ganz gleich, unter welchen Vorwänden er dies versucht hatte. Immer empfing ihn Streichhan mit derselben Redensart: „Bedaure, mein Scheff is nich jejenwärtich, bemiehn Se sich jefällichst in de Zeit von elf bis zwei Uhr. Wen darf ick melden?“

Und wenn der Besucher den Wunsch ausdrückte auf den Herrn Doktor warten zu wollen, schnarrte Streichhan ebenso automatisch: „Bedaure, ick darf Ihn’n nich rinlassen, mein Scheff hat mir det strikte verboten. Bemiehn Se sich jefällichst in de Zeit von elf bis zwei Uhr!“

Damit war den Bemühungen des Detektivs bis auf weiteres ein Riegel vorgeschoben; denn ihm lag nicht im geringsten daran, mit Dr. Grellnick im Laboratorium ein Plauderstündchen zu haben, das bei der Gerissenheit des Chemikers doch zu keinem Ergebnis geführt hätte. Es mußte daher ein anderer Weg gefunden werden, um der beruflichen Betätigung des Laboratoriumsbesitzers und seinem Verkehr nachzuspüren. Den einzigen Stützpunkt für ein solches Unternehmen bot nur der alte Diener, und der Detektiv hatte aus diesem Grund vorläufig nichts Wichtigeres zu tun, als sich an Streichhan außerhalb seines Dienstes vorsichtig heranzupürschen.

Der alte Mann lebte zwar keineswegs in auskömmlichen Verhältnissen, aber seine Frau wußte sich durch Nebenbeschäftigungen allerlei kleine Einkünfte zu schaffen; und da er für keine Kinder zu sorgen hatte, ließ er es sich nicht nehmen, in jeder Woche mindestens einmal seinen Durst gründlich zu stillen, wie er dies von seinen besten Jahren her gewöhnt war. Dazu kam, daß seine Ehehälfte, von des Tages Last ermüdet, des Abends kein Bedürfnis verspürte, die Geschwätzigkeit ihres Gatten über sich ergehen zu lassen, andererseits aber der Herr des Hauses, nachdem er acht Stunden in verdorbener Luft zum größten Teil den Mund verschließen mußte, wenigstens einmal in der Woche die Notwendigkeit empfand, seine Zunge gründlich in Bewegung zu setzen. So kam zwischen den Parteien stillschweigend eine Einigung dahin zustande, daß Herr Streichhan bei ausreichender Kasse wöchentlich zweimal, sonst aber einmal seine Stammkneipe an der Straßenecke besuchen durfte, um mit den gleichwertigen Gästen des Lokals zu politisieren und über die schlechten Zeitverhältnisse zu schimpfen.

Der Detektiv Dörries hatte diese Gewohnheit bald herausgefunden. Er veränderte seinen äußeren Menschen dergestalt, daß Streichhan ihn nicht mehr wiedererkennen konnte, zog einen Arbeiteranzug an, setzte sich eine alte Mütze auf und begann nun, dasselbe Lokal an den betreffenden Abenden zu besuchen und sich allmählich mit dem alten Diener anzufreunden, bis er dessen Vertrauen und selbstverständlich auch die Duzfreundschaft erlangt hatte.

Eines Sonnabends kam „Willem“, wie sich der Detektiv nennen ließ, wieder, wie üblich, in die Kneipe, aber er zeigte sich diesmal ganz besonders gut aufgelegt und erbot sich auch sogleich, eine Lage zu „schmeißen”. Streichhan war hierüber nicht wenig erfreut; denn seine Kehle war an diesem Tag besonders trocken, und durch die unerwartete Bezahlung der Gasrechnung hatte seine Brieftasche ein empfindliches Loch bekommen.

Es wurde also manntüchtig gezecht, zu jedem Glas Bier eine dicke „Strippe“, Nordhäuser, Ingwer, Allasch und andere Schnäpse, so daß sich der alte Diener bald in redseligster Stimmung befand, und wie er dies in ähnlichen Lebenslagen immer zu tun pflegte, durch den Gesang des Reiterliedes „Morgenrot, Morgenrot" die Aufgeräumtheit seines Gemüts zu bekunden begann.

Der Gesang war freilich nicht nach jedermanns Geschmack, denn Streichhan krächzte mehr wie ein Hahn, als daß seine Stimme etwas Melodisches hatte; aber immerhin wollte „Willem", der Detektiv, dem Alten die Freude nicht nehmen und ließ den ersten Vers geduldig über sich ergehen.

Endlich, als die letzten Worte „...ich und mancher Kamerad" heiser und schleppend ausgegröhlt waren, nahm er seinen Zechbruder am Arm und sagte belustigt in unverfälschter Berliner Mundart: „Nu halt man de Luft an, oller Freund, von wejen ‚mancher Kamerad'. Ich denke nich daran, schon jetzt ins Jras zu beißen, und du hast det ooch nich nötich, siehst aus wie'n junger Breitjam, vadienst dein anständijet Stück Jeld und hast keene Sorjen nich!"

Dieser Hinweis auf sein Einkommen nahm dem Laboratoriumsdiener nicht nur sofort seine Gesangsfreudigkeit, sondern auch die frohe Laune; denn die schlechte Bezahlung seiner Dienste war der wundeste Punkt in seinem gegenwärtigen Dasein, den niemand berühren durfte, ohne den Zorn des Ausgedeuteten und Unterdrückten über sich ergehen zu lassen.

Streichhan schnappte wütend nach Luft und leckte sich den herunterhängenden, von den mannigfachsten Getränken durchnäßten grauen Schnauzbart kreuzweise mit der Zunge, dann schrie er seinen neuen Freund mit verzerrtem Gesicht und verglasten Augen an: „So siehste aus, Willem, so siehste aus! Ick und 'n anständjen Vadienst, da kennste mein'n Ollen schlecht; wat der Dokter ist, der hat for mir keen Herz nich, überhaupt for keen'n Menschen. Der denkt nur an sich und sein Vajniejen; ob unsereener aber vahungert oder vadurschtet, det is ihm schnuppe. Wenn ick nich so'n oller Knopp wär', dann hätt' ick die Arbeet längst jeschmissen. Längst jeschmissen hätt' ich se, sage ick dir. Aber so brauch ick ihn, vastehste, ick brauch ihn, den Menschenschinder, weil mir keener mehr nimmt als ollen Mann, vastehste. So sieht die Schofe aus, von wejen anständijet Stück Jeld! 'n paar Fennje kriege ick, 'n paar Fennje...!"

Der alte Diener schlug zur Bekräftigung mit der Faust auf den Tisch, daß die Schnapsgläser einen Freudensprung machten und die Gäste des Lokals, die sonst an keinen geringen Lärm gewöhnt waren, sich umblickten.

„Na, beruhije dir man", sagte „Willem" beschwichtigend und schenkte von neuem ein, „det Jeschäft von dein'm Ollen wird wohl nich soviel abwerfen, det er dir dabei jut honorier'n kann. Er hat ja ooch außer dir keen'n Jehilfen nich; denn sonst brauchte er doch nich den Jestank von seine Brauerei alleene uffzuriechen; denn könnt ick mir doch an seine Stelle 'n Prowiser halt'n; aber wie jesagt, er hat's eben nich dazu!"

„So siehste aus", knurrte Streichhan wieder, „so siehste aus! Wenn der nich ville Jeld hätt', dann könnt' er doch nich jede Nacht mit Meechen ausjehen. Sonne Weiber kosten doch Jeld, det vastehste doch, Willem! Und der Suff! Nich so wie wir, 'n eenfachet Jlas Bier mit Strippe, sondern immer

Schlampanjer und de feinsten Weine dazu! Wenn er mir bloß von jede Nacht, die er vaschwiemelt, die Hälfte von seine Zeche jeben tät, würd' ick uff jede Zulage vazicht'n. Also, mit's Jeld hat der Jeiz nischt zu tun. Et is ja richtich, er hat ooch nie nischt und Schulden wie'n Major; aber wenn er vanünftich wär', könnt' er mir jut bezahl'n und brauchte ooch keene Schuld'n nich zu mach'n; denn det Jeschäft jeht jut! Ick sage dir, Willem, wenn ick det Labratorjum mit dir zusamm'n hätte, so'n vanünftijer Kerl, wie du bist, wir hätt'n heute schon Milljonen, vastehste, Milljonen!"

Der geschwätzige Diener machte eine Atempause und fuhr dann leiser und geheimnisvoller fort:

„Mit'n Jehilfen hat det nischt zu tun. Bei sonn'm Jeschäft kann man sich keen'n fremden Mensch'n int Haus nehm'n. Det jeht nich, det würde ick ooch nich tun!"

Der Detektiv erwiderte nichts; denn er fühlte, daß in diesem Stadium der Unterhaltung mehr durch Schweigen als durch Reden zu gewinnen sei. - Nur, um seinen Zechbruder zu weiterer Geschwätzigkeit zu veranlassen, sah er ihm fragend ins Gesicht und hielt den Kopf in der gleichmäßigen Richtung, um, wie bisher, durch zustimmendes Nicken und dem überzeugten Ausruf „Jawohl!" oder „richtig" den Worten seines Duzfreundes Beifall zu spenden.

Diese Taktik erwies sich denn auch als zutreffend. Streichhan rückte jetzt ganz dicht an den Detektiv heran und flüsterte ihm mit viel Wichtigtuerei ins Ohr:

„Wat man so im Labratorjum braut, is ja nich de

Hauptsache, Menschenskind! Wir mach'n allens, vastehste! Medizin for jede Krankheit. Pulver, Pillen und Tabletts, ooch Kräutersäfte und anderen Klimbim. Weeß der Deibel, wozu der Dokter det allens braucht. Manchmal kommt er ooch noch det Abends, wenn er keen Meechen hat, und kocht ohne Jemir. Ick merke det denn morjens an dem eklijen Jeruch und de verqualmte Bude, sonst is nischt zu seh'n. Aber, wenn de nu denkst, Willem, det mein Oller bloß vom Labratorjum 'n jroßen Herrn spiel'n kann, dann irrste dir!"

„Jawohl, det stimmt!" meinte der Detektiv und nickte mit dem Kopf.

„Nee!" rief der alte Diener entrüstet, „nee, det stimmt eben nich! Dabei kann er keene Seide nich spinnen, davon nich! Aber kiek mal!"

Streichhan machte eine Bewegung mit Arm und Hand, die zum Ausdruck bringen sollte: hintenherum. Dann flüsterte er, mit den Augen listig blinzelnd: „Nu vastehste doch, Willem, wat ick dir sag'n will?! Jeheime Sach'n, die man nich verkoof'n darf, womit man aber 's meiste Jeld vadient. Ick weeß nich, ob du det Zeuch kennst, wonach de Ausländer janz wild sind. Det eene is for 'ne jefährliche Krankheit, det andere macht jefiehllos: Salvarsan und Kokain. Ick habe mir die fremdländschen Namen jemerkt, weil ick die Etiketts immer abreißen und mit ‚Typhus-Serum' und ‚Milchzucker' ersetzen mußte. Det Zeuch jeht wie de warme Semmel beim Bäcker. Er kann jar nich jenuch liefern, se reißen's ihm beinahe aus de Hände. Det flutscht, sag' ick dir, da kannste Jeld seh'n. Aber, wie jesagt, der Dokter hat trotzdem nie nischt. Wie jewonn'n so zeronn'n.

Fliejt allens wieder zum Fenster raus. Und de Schwindsucht hat er sich außerdem noch jeholt und pfeift uff'm letzten Loch!"

„Wat du sagst!" flüsterte der Detektiv mit scheinbarem Bedauern, „kann een'm ja leid tun. So'n tüchtjer Mann, hat nie Jeld und is ooch noch krank dazu. Tut ein'm ja leid! Aber die Kunden, die det Zeuch von ihm koofen, komm'n die denn nu zu euch ins Labratorjum und hol'n den Kram ab? Da hättste ja nischt weiter zu tun, als immer bloß inzupacken und 's Jeld zu zähl'n, wie 'n Kommis hinter'm Ladentisch!"

„Du bist doch 'n dummer Kerl", brummte Streichhan verärgert, „denkste denn, die Leute steh'n bei uns Poloneese an wie vor'm Butterladen?! So siehste aus! Dann hätt' uns de Polente längst jekappt. So dammlich sind wir nich, ick und mein Scheff, det wir uns fassen lassen! Nee, Willem, sonne Jeschäfte müssen mit der nötjen Vorsicht und Intellijenz abjewickelt werd'n, vastehste. Allens wird durch Zwischenhandel verkooft. Keen Mensch kommt ins Haus. Von eene Hosentasche voll Salvarsan lebste 'n halbet Jahr, aber besser als jetzt, und von 'ne Handvoll Kokain ebensolange. Nu merkste, det da keen jroßer Betrieb nötich is. Det macht der Dokter allens alleene. Und denn treffen se sich, der Kubalke und der Gurau, wat seine Ajenten sind, in een'm Kaffeehaus in der Friedrichstraße, oder, wenn der Dokter losjeht, in een'm Lokal am Kurfürstendamm, oder im Kokskeller, wie se det nennen, bei Robert Mürich in de Flottwellstraße. Dort wird det Zeuch ooch jleich vabraucht."

„'n scheenet Jeschäft", murmelte der Detektiv vor

sich hin, „det kann nich jeder; aber da wundre ick mir erst recht, det er dir nich'n paar Prozenteken extra jibt!“

„Det is et ja eben, wat mir so wurmt“, jammerte der alte Diener, „nich mal 'ne Teuerungszulage. Und det er allens mit de Frauenzimmer durchbringt. Ooch for det Morphium, det er so unter de Hand an allerlei verdrehte Menschen vaschiebt und womit ick 'ne Menge Arbeet habe, krieje ick nich 'n Pfennich extra. So'n Jeizkrag'n is er!“

„Wat du sagst!“ rief der Detektiv wieder teilnehmend aus, „et is doch kaum zu glaub'n, wo du ihm doch so in de Hand hast! Sonne Dummheit! Er muß sich doch sag'n, wenn du ihn eines Tages verpfeifst, is er doch jlatt jeliefert und kommt ins Kittchen. Da sollte er dich denn doch 'n bisken bei juter Laune erhalt'n!“

Streichhan warf sich in die Brust und nahm eine stramme militärische Haltung an, wobei ihm durch die Erschütterung der aufgenommene Alkohol rülpsend durch die Nase fuhr, so daß er sein Gesicht etwas verzog und die Augen zusammenkniff.

„Nee!“ sagte er entschieden abwehrend mit dem rollenden Nebengeräusch eines Aufstoßers und seine rechte Hand zeigte auf das ergraute Haar, „nee, Willem, ick bin in Ehren alt jeworden und keen Denunziante nich. Hör'n, seh'n und schweij'n, det is meine Pflicht, und dafor lebe ick! - Aber weeßte, Willem, ick habe Durscht! Wie is et denn mit 'ne neue Lage?“

Der Detektiv beeilte sich, dem Wunsch seines Duzfreundes nachzukommen, denn er hoffte, nun bald Gelegenheit nehmen zu können, mit soviel

Neuigkeiten bereichert, sich unauffällig zurückzuziehen.

Die Zecherei dauerte noch eine ganze Weile, bis der alte Diener so voll war, daß er nur mit Mühe nach Hause wankte.

Der Detektiv Dörries, der es wohl verstanden hatte, sich nüchtern zu halten, glaubte nun endlich genügend Anhaltspunkte gefunden zu haben, um aus dem Verkehr des Dr. Grellnick den richtigen Täter zu ermitteln. Leider war der nächste Tag ein Sonntag und die Polizeikommissare für derartige Fälle hatten keinen Dienst. Der Detektiv versuchte daher, noch am selben Abend von seiner Wohnung aus eine telephonische Verbindung mit dem Dezernenten für Schleichhandel zu erreichen, was ihm auch schließlich gelang.

Der Kommissar stellte ein rasches Eingreifen in Aussicht und versprach, dem Detektiv das gesammelte Material später für seine weiteren Ermittlungszwecke zu überlassen.

Die Lasterhöhle

In einem unansehnlichen vierstöckigen Gebäude der Flottwellstraße befinden sich zwei Keller. In dem einen wird ein Produktengeschäft betrieben, dessen zwei schwarze Tafeln links und rechts vom Eingang, mit weißer Kreide, linkisch geschrieben, die neuesten Preise für Lumpen, Papier und Altmetalle enthalten, während der andere Keller, dessen tiefliegendes Fenster mit schmutzigweißem Stoff behängt ist, oberhalb des Einganges auf einem verwitterten Schild die Aufschrift trägt: „Bouillon und Kaffee zu jeder Tageszeit." Darunter in unauffälliger kleiner Schrift: Inh. Robert Mürich.

Die „Bouillon", die hier zum Verkauf gelangt, muß nach dem Aussehen und Benehmen der Gäste von ganz besonderer Beschaffenheit sein, denn die Männer und Weiber im bunten Durcheinander machen den Eindruck, als ob sie, plötzlich von einer Krankheit befallen, schwach und fiebernd hier ihre Genesung oder ihren Tod erwarten.

Das Tageslicht dingt nur sehr spärlich in dieses fast unterirdische Gewölbe. Eine Gaslampe, die von der verräucherten Decke herabhängt, verbreitet mit der weißlichen Flamme des zerrissenen und dauernd hin und her pendelnden Glühstrumpfs nur eine matte und unbeständige Helligkeit.

Was sich in dem Raum an Schmuck und Inventar befindet, ist schmutzig, verbraucht und morsch, wie die Menschen, die auf den Bänken längs der Wände sitzen, hocken, liegen oder vornübergebeugt die Tischplatte als Stütze für Kopf und Arme verwenden.

Diese merkwürdige Gaststätte wird im Kreise der eingeweihten Besucher „der Kokskeller" genannt, was mit dem Brennstoff nichts zu tun hat, sondern von Kokain abgeleitet ist. Und alle Gäste, die hier verkehren, haben nicht das geringste Bedürfnis nach Bouillon oder Kaffee, sondern nur nach Kokain und Morphium, welche Gifte ihnen von dem ebenso geschäftsgewandten wie gewissenlosen Wirt in jeder gewünschten Menge und natürlich zu sehr hohen Preisen verabfolgt werden.

Es wäre irrig anzunehmen, daß solche „Narkomanen", wie man Kokainisten und Morphinisten wissenschaftlich bezeichnet, den wohlhabenden Ständen angehören. Zweifellos ist der größte Teil von ihnen aus besseren Gesellschaftskreisen hervorgegangen; aber die unglückselige Manie hat ihnen im Laufe der Zeit die klare Überlegung und den Besitz geraubt. Alle geistigen Eigenschaften nur auf die Erlangung der betäubenden Gifte gerichtet, hat sich bei diesen bedauernswerten Naturen schließlich der Sinn für materielle Werte und für jede sittliche Weltanschauung von selbst ausgeschaltet. Sie sind sich deshalb auch nicht bewußt, daß ihre krankhafte Leidenschaft von denen, die sie selbst für ihre Wohltäter halten, in schmählicher Weise ausgebeutet wird. Und sie entledigen sich, wenn es erforderlich ist, ihres letzten Besitztums und der notwendigen Kleidungsstücke, scheuen auch vor Diebstahl und Verbrechen nicht zurück, lediglich, um sich das Rauschgift zu beschaffen. Geistig und körperlich heruntergekommen, erwecken sie auch äußerlich den Eindruck verkommener Menschen, wenn nicht nahe Verwandtschaft oder Freunde dafür sorgen, daß ihnen die anständige Kleidung erhalten bleibt.

Die Wirkung der Gifte ist äußerlich sehr verschieden. Das Kokain, das gewöhnlich in Pulverform geschnupft wird, erzeugt entweder einen rauschähnlichen Betäubungszustand oder angenehme Träume, also eine Geistesabwesenheit und Loslösung von jeder irdischen Bedrückung. Psychopathisch veranlagte Menschen ohne seelische Hemmungen sind in den meisten Fällen infolge eines gemüterschütternden Ereignisses oder eingebildeter seelischer Qualen der Kokainleidenschaft zum Opfer gefallen. Bisher ist die Wissenschaft dieser Manie gegenüber machtlos geblieben. Eine vorübergehende Entziehung hat nur eine gegenteilige Wirkung gehabt. Mit ganz geringen Ausnahmen gehen diese haltlosen Menschen in verhältnismäßig kurzer Zeit zugrunde; dem Verfall des Nervensystems folgt der Verfall des gesamten Organismus, die Widerstandskraft erlahmt, und sie unterliegen den harmlosesten Krankheiten, falls sie nicht schon vorher durch geistige Umnachtung den bürgerlichen Tod gefunden haben.

Ähnlich verhält es sich mit dem Morphium. Dieses Gift besitzt die Eigentümlichkeit, körperliche Schmerzen zu beseitigen, ärztlich angewendet wird es daher zum Wohltäter der Menschheit. In irgend einem Fall ist der Morphinist immer durch den Arzt in Berührung mit dem Gift gekommen. Die psychopathische Veranlagung, ähnlich wie bei den Kokainisten, hat ihn allmählich dazu getrieben, die durch eine Morphiumspritze im Körper erzeugte Behaglichkeit zu wiederholen, und infolge der geistigen Hemmungslosigkeit ist diese ursprünglich nur gelegentliche Anwendung des Giftes schließlich zu einer sinnlosen Leidenschaft ausgeartet. Da sich der Körper allmählich an das Gift gewöhnt, sind immer größere Mengen erforderlich, um den Rauschzustand zu bewirken. Gewohnheitsmorphinisten verbrauchen daher täglich eine so große Menge von Morphium, daß man viele Lebewesen damit vernichten könnte. Und ebenso wie bei der Kokainsucht enden solche Menschen im Irrenhaus, falls sie nicht schon vorher infolge mangelnder Widerstandskraft an einer Krankheit zugrunde gegangen sind.

Die „Narkomanen", die den Kokskeller zum Tummelplatz ihrer absonderlichen Leidenschaft erwählt haben, gehören dem jugendlichen Alter oder den mittleren Lebensjahren an. Wenn sich Greise unter ihnen befinden, so kann mit Sicherheit angenommen werden, daß die Rauschsucht noch nicht lange von ihnen Besitz ergriffen hat.

Das Bild, das sich dem gesunden Beschauer an dieser Stätte menschlicher Verirrung bietet, ist nicht nur wegen der hohlwangigen und zur Leblosigkeit fast erstarrten Erscheinungen grausig und erschütternd, sondern mehr noch durch die unheimliche Ruhe, die einem Grabgewölbe gleicht. Man glaubt, den Verwesungsgeruch von Leichen einzuatmen oder das leise Röcheln Sterbender zu vernehmen.

Mit bleichen Gesichtern und erschlafften Zügen, die Augen starr und gläsern, hocken die Kokainisten, in sich zusammengefallen, auf ihren Bänken. Kein Glied regt sich, nur ein kaum merkliches Zittern der Augenlider deutet an, daß in diesen an Wachsfiguren erinnernden Menschen noch Leben steckt. Und niemand ahnt, was sich in den krankhaft aufgepeischten Gehirnwindungen an Träumen und Vorstellungen abspielt. Einige sind scheinbar vom Schlaf befallen. Schwer und unbeweglich ruhen die Köpfe auf der Tischplatte. Aber die Betäubung ist keine natürliche, kein erquickender Schlummer, sondern eine Erschlaffung des Nervensystems, ein Zusammenbruch aller körperlichen Funktionen, die völlige Loslösung von der Materie. Nur in den Schläfen hämmert das Blut, überschwemmt die Gedanken und zaubert Wahnbilder hervor in glühenden Farben und grotesken Formen oder Träume von unsäglichem Glück.

Andere wiederum liegen lang ausgestreckt auf den Bänken, die Gliedmaßen unbeweglich wie in der Leichenstarre, den Mund geöffnet, die Augen verglast zur Decke gerichtet. Lautlos atmet die Brust, und nur eine zeitweilige Bewegung des Oberkörpers, ein gelindes An- und Abschwellen im Rhythmus täuscht über die Leblosigkeit hinweg.

Der Rausch des Kokainisten - Erstarrung und Traum.

Im Gegensatz hierzu ist der Morphinist an seinem geröteten, etwas aufgedunsenen Gesicht zu erkennen. Auch seine Augen blicken ins Leere, aber sie sind von unnatürlichem Glanz, ausdruckslos zwar, aber funkelnd. Er träumt nicht und hat auch keine Wahnvorstellungen, seinen ganzen Körper aber durchrieselt ein warmer Strom wundervollen Wohlgefühls, geistiger und körperlicher Sättigung, ohne zu denken, ohne Nahrung in sich aufzunehmen. Er rührt sich nicht, weil alle seine Bedürfnisse in höchster Vollkommenheit befriedigt sind und er sich der Verdauung seines Wohlbehagens mit derselben Unbeweglichkeit hingeben will, wie ein Schlemmer nach üppigem Mahl der Ruhe pflegt. - Er hört und sieht nichts um sich, weil der warme Strom des Wohlgefühls alle geistigen und körperlichen Regungen in ihm erloschen hat. - Ein Rausch, ählich wie die Trunkenheit nach dem Alkoholgenuß, aber tiefer und angenehmer, ohne die häßlichen und quälenden Nebenwirkungen des Bezechtseins.

Wie lange die „Narkomanen" in diesem Zustand im Kokskeller verbleiben, hängt von der Menge des eingenommenen Giftes ab. Bei einigen dauert der Rausch nur kurze Zeit, bei anderen einige Stunden. Ebenso verschieden sind die Folgen der Betäubung. Nicht wenige dieser unglücklichen Menschen sind nach dem „Erwachen" so schwach, daß sie noch Stunden der Ruhe bedürfen, um dann schleppenden Ganges den Heimweg anzutreten. Andere erheben sich mit dem Rest ihrer Energie, taumeln wie Betrunkene, tasten sich wie Blinde die Kellertreppe hinauf und schleichen an den Häuserreihen entlang. Bei vielen ist die körperliche Widerstandskraft schon so gebrochen, daß sie nach einigen Versuchen, sich auf der Straße zu bewegen, in den Kokskeller wieder zurückkehren und sich von neuem in den lethargischen Zustand versetzen.

Im Vergleich zu den schemenhaften Gästen des Lokals, die wie lebende Leichname wirken, erscheint Herr Robert Mürich, der geldlüsterne Spender der verhängnisvollen Gifte, wie das blühendste Leben.

Er ist von einer geradezu strotzenden Rundlichkeit, sein Gesicht hat die Frische des lebenslustigen und lebengenießenden Mannes, und seine kleinen Äuglein, die aus den Fettpolstern blitzend hervorlugen, strahlen voller Gesundheit und innerer Befriedigung. Und um seine wulstigen, reichlich durchbluteten Lippen spielt ein ewiges Lächeln der Dankbarkeit gegen die Vorsehung, die ihn mit irdischen Gütern so verschwenderisch ausgestattet hat, ohne ihm die Last aufzubürden, die man - das Gewissen nennt.

Die meisten Stunden des Tages verbringt dieser Biedermann hinter dem Ladentisch, mit seiner schweren goldenen Uhrkette spielend und eine dicke, kostbare Zigarre im Mund, in eine Zeitung vertieft, ganz unbekümmert um die bedauernswerten Opfer seines ruchlosen Gewerbes, die sich in jeder Minute selbst den Tod geben.

Nur wenn zwei Männer ähnlicher Art in den Kokskeller kommen, wird es lebendiger. Man lacht und scherzt und trinkt die besten Weine, und nebenbei wird das selbstverständlichste und glatteste Geschäft abgeschlossen, das es überhaupt gibt: der Ankauf der Gifte, die den Wohlstand des Herrn Mürich bewirkt haben.

Diese beiden Zwischenhändler, Kubalke und Gurau, die ihre Ware von Dr. Grellnick erhalten und ebenso wie der Besitzer des Kokskellers von dem geistigen und körperlichen Zerfall ihrer Mitmenschen leben und Reichtümer häufen, schaffen sich ihre hohen Gewinne mühelos, im Spazierengehen.

Für den Vertrieb von Salvarsan kommen die „Narkomanen" nicht in Betracht, sondern nur Ausländer, die in den Kaffeehäusern der Friedrichstadt ihr Unwesen treiben, um verbotete und hochverzollte Medikamente über die Grenze zu schmuggeln. Hier finden die beiden Zwischenhändler zu einer festgesetzten Zeit ihre Abnehmer, namentlich in den Vormittagsstunden. Am Nachmittag aber gilt ihr Besuch dem Herrn Mürich. Hier werden die mit Kokain gefüllten Taschen entleert, um mit Kassenscheinen wieder vollgepfropft zu werden. Ein Feilschen gibt es nicht, die Preise werden börsenmäßig durch Angebot und Nachfrage geregelt, wie auch die Gäste des Kokskellers jede verlangte Summe zahlen.

„Leben und leben lassen" ist das Leitwort dieser drei Männer. Das leicht verdiente Geld wird ebenso schnell in Lebensgenüsse umgesetzt. Und der wie ein Grabgewölbe anmutende Kellerraum wird dann zur Stätte der Lust und Freude. Es sind dies die einzigen Stunden, in denen die halb zerfallenen Wände der Lasterhöhle von fröhlichem Lachen widerhallen.

Am Montagabend, zwei Tage nach der Zecherei des Detektivs mit Streichhan, hält ein Lastautomobil an der Ecke der Steglitzer Straße. Die Gegend ist menschenleer. Schupoleute springen ab und verteilen sich unauffällig auf die bewegtere Flottwellstraße zu.

Vor dem Kokskeller stehen mehrere Herren in bürgerlicher Kleidung, die vom Schöneberger Ufer her mit einem Polizeiwagen in die Nähe der Lasterhöhle gelangt waren. Eine kurze Beratung. Dann steigt einer der Herren die Kellertreppe hinunter und drückt vorsichtig auf die Türklinke. Ein Wink nach oben. Im nächsten Augenblick erscheinen zwei Schupoleute. Ein kurzes, kräftiges Entgegenstemmen, ein Ruck, und der Eingang ist frei. - Das Lokal war von innen wegen Überfüllung verschlossen, und der Besitzer wollte sich bei der Schlemmerei mit den beiden Zwischenhändlern nicht stören lassen.

Herr Mürich verzog sein rundes Gesicht zu einer verblüfften Grimasse, als die Beamten nähertraten und zunächst schweigend Umschau hielten.

„Was schafft mir die Ehre?" fragte er den einen Herrn in Bürgerkleidung, der sich als Kriminalkommissar legitimierte.

„Das werden Sie wohl zweifellos selbst erraten!" erwiderte der Beamte lakonisch und deutete auf die große Zahl der „Narkomanen", die dem Vorgang nicht das geringste Interesse entgegenbrachten. „Sie brauchen sich nur Ihre Gäste etwas näher anzusehen, um zu wissen, daß ich Ihnen das Gift fortnehmen will, mit dem Sie verbotene Geschäfte betreiben!"

Der Wirt, dem etwas ähnliches bisher noch nicht begegnet war, geriet in eine derartige Erregung, daß sein Gesicht dunkelrot wurde und er zunächst keine Worte fand, dem Beamten zu antworten. Und während er verlegen einige liebenswürdige Redensarten von allgemeiner Bedeutung stotterte, machte er sich unter dem Ladentisch zu schaffen, als ob er etwas verbergen oder vernichten wollte.

Dem Kriminalkommissar entgingen diese verdächtigen Bewegungen nicht, er sprang selbst kurzerhand hinter den Ladentisch und holte mit einem Griff mehrere Päckchen der verhängnisvollen Gifte hervor, die er einem Herrn seiner Begleitung übergab.

Jetzt versuchten die beiden Zwischenhändler Kubalke und Gurau, die an einem Tisch vor dem sogenannten Büfett mit dem Besitzer des Lokals gezecht und geschlemmt hatten, unbeobachtet ins Freie zu gelangen. Sie schlichen sich um die Gruppe der Kriminalbeamten herum und hatten auch schon die Kellertreppe erreicht, um mit einem Anlauf hinauszustürmen, als Kubalke etwas unsanft aufgehalten wurde, während es dem Gurau gelang, die Straße zu gewinnen. Hier aber wurde er von den postierten Schupoleuten festgenommen und zurückgebracht. Ein wüster Lärm entstand; denn die beiden Schieber, die gewohnt waren, vor nichts zurückzuschrecken, verspürten keine Lust, sich von der Polizei überrumpeln und ihre geschäftlichen Aussichten zerstören zu lassen. Sie versuchten es zunächst, mit erhöhter Lungenkraft die Beamten dadurch zu verblüffen, daß sie sich für harmlose Gäste ausgaben und für jede Belästigung mit Schadenersatz und Beschwerde drohten. Und als ihnen Geschrei und erkünstelte Wut nichts nützten, versuchten sie mit Gewalt einen Weg nach der Straße freizubekommen. Sie wurden aber beide sehr schnell überwältigt und nach dem Lastautomobil geschafft.

Die Untersuchung des Kellers, die jetzt folgte, förderte nichts Verdächtiges mehr zutage. Trotzdem mußte auch Herr Mürich die Fahrt nach dem Polizeipräsidium antreten.

Besondere Schwierigkeit bereitete dem Kommissar die Behandlung der Gäste. Die meisten befanden sich in einem Zustand völliger Bewußtlosigkeit, andere konnten die an sie gerichteten Fragen nur verträumt und ungenau beantworten, und nur einzelne waren in der Lage, sich durch Erkennungspapiere auszuweisen. Diese mußten den Keller sogleich verlassen. Bei den übrigen genügte zum Teil eine Leibesuntersuchung zur Feststellung der Persönlichkeit, sofern man bei ihnen überhaupt Ausweise vorfand, und nur die auch äußerlich schon ganz heruntergekommenen Menschen sollten zum Selbstschutz nach dem Polizeipräsidium und, falls erforderlich, von dort in ein Krankenhaus überführt werden. Einige Schupoleute wurden beauftragt, diese sinnlos Berauschten bis zum Eintreffen des nächsten Polizeiwagens zu bewachen. Die Lasterhöhle wurde zunächst polizeilich geschlossen.

Noch ehe die drei Festgenommenen den Alexanderplatz erreichten, war von einer anderen Beamtengruppe eine Durchsuchung der Privatwohnungen erfolgt.

Das Ergebnis war überraschend.

Es wurden nicht nur sehr beträchtliche Mengen der im freien Handel verbotenen Gifte beschlagnahmt, sondern auch eine umfangreiche Korrespondenz mit Dr. Grellnick, als Lieferanten der Zwischenhändler. Ferner konnte festgestellt werden, daß Gurau als einer der rücksichtslosesten Gläubiger des Chemikers, dem er erhebliche Summen vorgestreckt, in fast erpresserischer Weise und unter

Klageandrohung es verstanden hatte, von Dr. Grellnick immer wieder größere Mengen der kostbaren Ware zu erzwingen.

So wurde der eine zum Verhängnis des anderen.

Geheuchelte Liebe

Nach der öffentlichen Verlobung des Chemikers mit Hilma Stephany drängten die Ereignisse zu einer raschen Eheschließung. Das Aufgebot war bereits erfolgt, nur der Tag der standesamtlichen Trauung sollte noch bestimmt werden. Hierzu bedurfte es keiner weiteren Formalitäten, so daß die Amtshandlung nach vorheriger Vereinbarung mit dem Standesbeamten jederzeit erfolgen konnte.

Durch die Festnahme des Gurau war Dr. Grellnick zwar von seinem schlimmsten Vampyr befreit; aber da auch Kubalke in Haft behalten wurde, fehlte es ihm plötzlich an Zwischenhändlern, die den bedeutenden Umsatz mit den verbotenen Medikamenten ermöglichten. Andererseits blieben die persönlichen Ausgaben des Chemikers die gleichen. Er war es nicht gewöhnt, sich einzuschränken, und die zahlreichen Freundinnen, die von seiner Freigebigkeit Nutzen zogen, bedrängten ihn heftig, wenngleich in anderer Weise, so doch schließlich nicht weniger nachdrücklich als seine Gläubiger.

Dr. Grellnick hatte erst einige Tage nach der Schließung des Kokskellers durch telephonische Anfrage von dem Vorgang erfahren, weil er, an den regen Geschäftsverkehr mit seinen Agenten gewöhnt, sich über deren Fernbleiben verwunderte und seine leere Geldtasche einen leidlichen Hunger nach Kassenscheinen verspürte.

Als Frau Gurau sich am Fernsprecher ganz untröstlich gebärdete und den Chemiker bat, sich doch um die Entlassung ihres Mannes zu bemühen, legte er kurzerhand den Hörer auf die Gabel; denn er empfand in diesem Augenblick nur sein eigenes Unglück. Um sein Mißgeschick noch empfindlicher zu gestalten, hatte er bei dieser Gelegenheit von der Frau auch erfahren, daß ihm der andere Zwischenhändler Kubalke vorläufig ebenfalls entzogen sei.

Eine polizeiliche Durchsuchung seines Laboratoriums fürchtete Dr. Grellnick nicht. Er verschaffte sich nur soviel Mengen der verbotenen Gifte, oder stellte diese selbst erst gebrauchsfertig her, als seine Zwischenhändler zu den festgesetzten Zeiten abnehmen konnten. Und ebenso wußte auch die Polizei, daß ein Besuch im Laboratorium kurz nach der Schließung des Kokskellers ergebnislos verlaufen würde.

Trotzdem blieb Dr. Grellnick nicht unbehelligt. Auf der einen Seite versuchte der Detektiv Dörries in seine Lebensgewohnheiten immer tiefer einzudringen, und auf der anderen Seite ließ die Polizei ihn nicht aus den Augen, weil man annahm, er hätte noch andere Zwischenhändler oder vertreibe jetzt seine Ware direkt an die Verbraucher.

In dieser wirtschaftlichen Bedrängnis blieb dem Chemiker also nichts anderes übrig, als durch das Vermögen seiner Braut sich wieder die Mittel für seine verschwenderische Lebensweise zu schaffen.

Er beschloß daher, bei der nächsten Zusammenkunft auf die Festsetzung des Hochzeitstages zu dringen.

Hilma befand sich nach ihrer Verlobung immer noch in einem gewissen seelischen Zwiespalt.

Mit dem Verstand erkannte sie die zwingende Logik, dem Manne, dessen Hilfe sie in der Not in Anspruch genommen, das gegebene Wort zu halten. Das Herz aber gab ihrem Gefühl eine entgegengesetzte Richtung. Hilma liebte ihren Verlobten nicht, er war ihr nicht einmal gleichgültig. Zwar brachte sie auch keine ausgeprägte Abneigung entgegen, weil sein Geist sie immer gefangen hielt, aber etwas viel Schlimmeres hatte von ihr Besitz genommen: eine unbegreifliche Furcht vor Dr. Grellnick.

Und diese Angst vor dem Ungewissen, Unbestimmten erzeugte in ihr eine solche Schwäche, daß sie in seiner Nähe zu einem willenlosen Werkzeug seiner Wünsche wurde. Vielleicht eine Art suggestiver Kraft, die von der dämonischen Energie dieses Mannes ausging, vielleicht auch nur eine Äußerung weiblicher Nachgiebigkeit unter dem Einfluß der stärkeren männlichen Beredtsamkeit und der überragenden Intelligenz. Dazu kam, daß sie sich in jeder freien Minute ihres Denkens mit dem Schicksal Holdtmanns beschäftigte, der ihr wie ein Märtyrer um ihretwegen erschien und dessen Leiden sie ebenso schmerzlich empfand wie ein über sie selbst gekommenes Unglück. Oft weinte sie bittere Tränen, wenn sie der Begegnung und des dramatischen Abschieds in der Gefängniszelle gedachte, und zu dem Seelenschmerz gesellte sich dann noch eine unwiderstehliche Sehnsucht, diesem lieben Menschen nahe zu sein, ein Gefühl grenzenloser Hingabe, Verehrung und Aufopferungsfähigkeit.

In einer solchen psychischen Verwirrung fand Dr. Grellnick seine Verlobte, als ihn die Not trieb, mit ihrer Einwilligung den Hochzeitstag festzusetzen.

Hilma machte einen sehr niedergedrückten Eindruck, als er ihr beim Gruß die Wangen küßte, und ihre Augen zeigten noch die Spuren einer erst kürzlich überstandenen Tränenflut. Der Chemiker sah nichts davon, es lag in seiner Art, einem Ziel blindlings und mit elementarer Gewalt zuzusteuern, ohne seitwärts und rückwärts zu blicken, und oft auch, ohne die Folgen zu bedenken.

Heute besonders befand er sich selbst in einer sehr unbehaglichen Verfassung. Die vorausgegangenen Erregungen hatten, wie immer, seinen Gesundheitszustand beeinträchtigt, so daß er mehr als sonst an Atemnot litt und auch der Hustenreiz ihn stärker quälte. Trotzdem wußte er sich so zu beherrschen, daß Hilma weder von seinen wirtschaftlichen Sorgen noch von seinem körperlichen Leiden etwas merkte. In dieser Beziehung war sie überhaupt, trotz aller sonstigen Bildung und Reife, sehr unerfahren. Was jeder Unbefangene den vom Laster und der Schwindsucht hart geprägten und ausgemergelten Gesichtszügen ablas, hielt sie für Spuren geistiger Anspannung und Überarbeit, und die Hustenanfälle führte sie teils auf die Laboratoriumsdünste, teils auf den übermäßigen Zigarettengenuß zurück. Und Dr. Grellnick selbst, der sich seiner unheilbaren Krankheit zweifellos bewußt war, hatte nicht die geringste Veranlassung, seine Braut auf eine in absehbarer Zeit zu erwartende Katastrophe aufmerksam zu machen. Ihn trieb, wie bei allen Tuberkulosen überhaupt, eine zur höchsten Potenz gesteigerte Lebenslust, die Freuden der Welt schnell und in vollen Zügen zu genießen, und hierzu bedurfte er zwar nicht seiner Braut, aber - ihres großen Vermögens.

Bei dieser gegenseitigen Verstimmung floß die Unterhaltung wie ein träges Bächlein.

Hilma saß in der Frühstücksecke ihres flämisch eingerichteten Speisezimmers auf einem Korbsessel vor dem elegant gedeckten Teetisch. Ihr gegenüber hatte Dr. Grellnick Platz genommen, die unvermeidliche Zigarette im Mund. Nervös blies er dicke Rauchwolken durch die Nase und schaute sich forschend und ruhelos um, als ob er nach einem Anhaltspunkt für die Einleitung seiner Aussprache suchte.

Das Hausmädchen servierte den Tee etwas umständlich und mit peinlicher Sorgfalt, wie die junge Hausherrin ihr dies anerzogen hatte. Der Chemiker verfolgte mit gequälter Spannung alle Bewegungen des Mädchens, bis die Zimmertür wieder geschlossen war. Dann begann er, sich eine neue Zigarette anzündend, geradewegs auf das Ziel seines heutigen Besuches loszugehen.

Er sprach mit geheucheltem Einsamkeitsgefühl von der Unerträglichkeit einer noch längeren Trennung und von der auch für Hilma zwingenden Notwendigkeit eines gemeinsamen Haushaltes, damit auch sie innerlich und äußerlich endlich zur Ruhe komme.

Die Braut schlürfte nachdenklich ihren Tee und schwieg. Sie lenkte sogar ihre Blicke seitwärts, um den fragenden Augen ihres Verlobten nicht zu begegnen.

Als der erste Angriff auf diese Weise infolge des passiven Widerstandes erfolglos verlief, nahm Dr. Grellnick seine Zuflucht zu einer stärkeren Waffe, mit der er zu jeder Zeit und bei jeder Gelegenheit den Sieg zu erringen wußte, indem er auf die Dankbarkeit für seine Aufopferung und auf das gegebene Versprechen hinwies. Und um seiner Beredtsamkeit mehr Nachdruck zu verleihen, fügte er hinzu, daß der erste Schritt ja bereits getan sei, daß damit Hilma aber ihr Versprechen noch nicht erfüllt habe. Erst die vollzogene Ehe sei der Abschluß des gegenseitigen Übereinkommens.

Das Geschoß war nicht schlecht gezielt. Hilma zuckte kaum merklich zusammen, setzte die Teetasse langsam mit leise zitternder Hand auf den Tisch und erwiderte zögernd und jedes Wort vorsichtig abwägend:

„Die Eile, mit der du unseren gemeinsamen Haushalt zu begründen dich bemühst, Heinz, ist mir begreiflich, und auch ich möchte endlich zur Ruhe kommen. Aber schließlich gehört doch zu dem Beginn eines neuen Lebensabschnittes auch ein gewisses seelisches Gleichgewicht, und das habe ich bisher noch immer nicht gefunden. Selbstverständlich hast du keine Schuld daran, es handelt sich vielmehr um eine ganz persönliche innere Angelegenheit!“

„Hm!“ brummte Dr. Grellnick vor sich hin und sah seine Braut mit einem durchbohrenden Blick an, „darf man erfahren, um welche Belastung des Gemüts es sich dabei handelt?“

„Von einer Belastung kann keine Rede sein“, gab Hilma verärgert zurück, „sondern nur von einem Eindruck, den der Schmerz geprägt, eine Wunde, die nicht vernarben will und die mich deshalb von Zeit zu Zeit quält, daß sich mir das Herz zusammenkrampft und der Schlaf mich flieht. Meine eigenen Leidensstunden habe ich verschmerzt und die Folterkammer, die man Gefängnis nennt, aus meinem Gedächtnis getilgt. Aber der Gedanke, daß der heimtückische Mörder des armen, unglücklichen Milner noch ungestraft einhergeht, raubt mir den Seelenfrieden. Ich finde keine Lebensfreude, bevor dieses niederträchtige Verbrechen nicht aufgeklärt ist. Und du mußt es daher verstehen, daß ich dir kein Weib sein kann, wie du es dir wünschest, ehe der Tod des armen Milner nicht gesühnt ist!“

Das Gesicht des Dr. Grellnick nahm eine aschfahle Färbung an. Er hüstelte etwas verlegen und bemühte sich, einen Satz zu bilden, mit dem er die Bedenken seiner Braut zu zerstreuen hoffte. Der Hustenreiz aber schüttelte ihn dermaßen, daß er sich an den Stuhllehnen festklammern mußte, um nicht herunterzugleiten.

Nachdem der Anfall vorübergegangen war und er sich zu einer Entgegnung gesammelt hatte, sagte er mit merkwürdig leiser Stimme und in einem nicht sehr überzeugenden Ton:

„Ich denke, die Sache ist auf dem besten Wege, ihre Erledigung zu finden; du hast offenbar vergessen, daß der Schwärmer Holdtmann...“

„Unschuldig im Gefängnis schmachtet“, unterbrach Hilma sehr heftig und mit energischem Nachdruck, wobei ihr Gesicht sich rötete und ihre sonst so ruhigen Augen leidenschaftlich aufblitzten.

Auf diese plötzliche Abwehr seines Ideenganges war der Chemiker keineswegs gefaßt. Er stutzte einen Augenblick, blickte verlegen zur Seite, besann sich dann aber wieder sofort auf seinen Angriffsplan und murrte mit ersichtlichem Unbehagen und nicht ohne Ironie:

„Hm... Hm!... echt weibliche Sentimentalität! Was der Gelehrten weises Hirn nicht zu durchdringen vermag, das formt sich im kindlichen Gemüt zu einer klaren Analyse. Zum mindesten solltest du mit deinem Urteil der Justiz nicht vorgreifen. Du bist ebensowenig eine erfahrene Kriminalistin, wie ich ein findiger Detektiv. Wenn ich mich als solcher aufgespielt hätte, wäre ich vielleicht in denselben Verdacht gekommen wie dein Schützling!"

Dr. Grellnick lachte heiser auf, und sein Gesicht bekam etwas Teuflisches. Hilma hatte mit Ungeduld auf die Beendigung seiner Worte gewartet, jetzt fuhr sie noch leidenschaftlicher als zuvor auf:

„Deine sophistischen Seitenhiebe können mich in meiner Überzeugung nicht irremachen. Ich kenne Holdtmann von frühester Jugend her. Sein Charakter ist ritterlich und ohne Tadel, sein Geist nur auf das Erhabene gerichtet, sein Gemüt von mädchenhafter Weichheit und sein ganzes Wesen von hoher Sittlichkeit und männlichem Stolz durchdrungen. Was mir in fünfzehn Lebensjahren zum Bewußtsein gekommen ist, das kann der künstlich konstruierte Verdacht eines Staatsanwalts, der sich nur von dem Schein leiten läßt, aber nicht in die Seele der Menschen zu blicken vermag, nie und nimmer zerstören.

Holdtmann ist ebenso schuldlos an dem Verbrechen wie ich es bin, dafür verbürge ich mich auf Ehre und Gewissen. Und da er selbst auf dem Rettungsweg für mich verunglückt ist, halte ich es für meine Pflicht, ihm ebenso beizustehen, wie er es mir gegenüber versucht hat. Von dir aber, Heinz, finde ich es sehr merkwürdig, daß du dich in diesem Falle, wo es sich um einen hilflosen Menschen ohne Familie und Freunde handelt, so wenig ritterlich und hilfsbereit zeigst. Und diese Gleichgültigkeit, die schon mehr an Hohn und Schadenfreude erinnert, befremdet mich um so mehr, da dir doch bekannt ist, welche langjährige Freundschaft mich mit Holdtmann verbindet!“

Der Bräutigam, den in dieser Stunde die Aussicht auf ein beträchtliches Vermögen mehr lockte als der Idealismus der ganzen Welt, und dem in seinen besten Zeiten schon nichts gleichgültiger war als die Liebe zu seinen Mitmenschen, fühlte sich durch die überzeugungstreuen und mit Leidenschaft vorgebrachten Worte seiner Braut ziemlich hart abgekanzelt; aber in seiner Charakterlosigkeit, nur das persönliche Ziel im Auge, das in seinem Sinne dem Trieb der Selbsterhaltung gleichkam, wechselte er sofort die bisher zum Ausdruck gebrachte Gesinnung und begann mit einer neuen Taktik, die nach seiner vielseitigen Erfahrung ein Frauenherz fast immer erobert.

Dr. Grellnick warf mit einer eleganten Gebärde den Rest seiner Zigarette in den Aschenbecher, zündete hastig eine neue Zigarette an und sprach mit erkünstelt zärtlichem Blick und verstellter weicher Stimme:

„Hilmachen, mein Herz, du bist ein edles Weib! Aus dir spricht die Engelsstimme der Unschuld eines von den Gefahren des Lebens noch nicht berührten Wesens. Ich schätze die Großmut und die Freundestreue an dir mehr als du glaubst; und wenn du meine Ansicht hart und grausam findest, so verkennst du, daß ein Mann von meiner Art stets gewöhnt ist, die Dinge mit dem Verstand und tunlich ganz objektiv zu beurteilen, wie der Chemiker schon von Berufs wegen bei seinen Analysen nicht anders handeln kann. Umgekehrt läßt du dich naturgemäß von rein weiblichen Empfindungen leiten, was ich nicht nur begreiflich finde, sondern was mich geradezu beglückt. Sei also gut und lieb, Hilmachen, und mache mir keine Vorwürfe über Dinge, die nur durch die Verschiedenheit unseres Wesens, nicht etwa durch meine Böswilligkeit, in einem anderen Lichte erscheinen, als dir lieb und angenehm ist. Dein Wunsch ist mir Befehl! Ernenne mich zum Pfleger deines Jugendfreundes, und ich werde dir den Beweis erbringen, mit welcher Aufopferung ich deinen Interessen zu dienen vermag, auch gegen meine Überzeugung. Du verkennst, mein holder Engel, daß die Gewalt der Liebe zu allem fähig ist, alles überragt, alle Ketten zersprengt. Erinnere dich nur, mit welcher Selbstverleugnung und männlichen Entschlossenheit ich ans Werk ging, als es galt, ein so himmlisches Wesen, wie du es bist, zu erretten, eine Heilige, die sich durch ihre unsäglichen, mit überirdischer Geduld ertragenen Leiden die Märtyrerkrone tausendfach erstritt, aus den Krallen des Justizdrachens zu befreien! Aber mein Lohn...!“

Hilma hatte bei den letzten Worten ihr Gesicht

mit den Händen bedeckt und begann heftig zu schluchzen; denn die Erinnerung an die unschuldig erlittene Gefängnishaft, die sie schon aus ihrem Gedächtnis entschwunden glaubte, packte ihr Gemüt wieder mit elementarer Gewalt, gegen die sie sich machtlos fühlte.

Der Chemiker mochte auf diese Wirkung seiner Rede wohl gefaßt gewesen sein; denn die Tränen seiner Braut lösten bei ihm ein triumphierendes Lächeln aus. Das Eis war geborsten; jetzt galt es, die letzten kleinen Hindernisse rasch hinwegzuräumen.

Behende wie eine Pantherkatze sprang er von seinem Sitz auf und zu Hilma hinüber, legte seinen Arm zärtlich um ihren Hals, und indem er das Gesicht sanft in die Höhe drückte, sagte er mit noch mehr gekünstelter Zärtlichkeit:

„Mein Lohn für alles Gute, das ich dir getan, bist du! Alle Schätze der Welt hätten mich nicht glücklicher machen können als deine Liebe. Wir wollen beides nicht vergessen, - du mein Opfer, ich deinen Dank. Und wir wollen die schöne Blume, die aus deinem Schmerz erwachsen ist, die Liebe, hüten und pflegen wie das ewige Feuer auf dem Altar unserer Herzen!“

Hilma hatte aufgehört zu weinen, sie blickte andächtig zu Boden, als ob sie einer Predigt lausche.

Dr. Grellnick hielt den rechten Augenblick für gekommen.

„Und wann soll die Hochzeit sein, mein Liebling?!“ fragte er zärtlich, aber voll innerer Erregung zerbiß er seine Unterlippe.

„Wie du willst“, hauchte Hilma mit dem Ausdruck völliger Ergebung in ihr Schicksal.

Die Hochzeit wurde in acht Tagen, am kommenden Dienstag, festgelegt.

Der glückliche Bräutigam nahm zärtlichen Abschied von seiner Braut und stürmte vergnügt die Treppe hinunter.

Wer ihn so auf der Straße sah, den Hut im Nakken, den Spazierstock lustig schwingend und einen Gassenhauer vor sich hinträllernd, hätte sofort erkannt, daß der hohlwangige Dr. Grellnick eine bedeutungsvolle Eroberung gemacht hat.

Eine merkwürdige Entdeckung

Nachdem die Voruntersuchung gegen Kabulke und Gurau abgeschlossen war, stellte es sich heraus, daß der Dezernent es verabsäumt hatte, den eigentlichen Lieferanten der Schleichhandelsware verantwortlich zu vernehmen. Um auch den Laboratoriumsbesitzer unter Anklage zu stellen, mußte ermittelt werden, ob diesem bekannt war, daß die Gifte von den beiden Agenten direkt an die Verbraucher weitergegeben wurden.

Zwei Tage vor der Hochzeit erschienen bei Dr. Grellnick zwei Kriminalbeamte und ersuchten ihn, sie unverzüglich nach dem Polizeipräsidium zu begleiten. Der Chemiker, dem die Beamten auch nicht verraten konnten oder durften, um was es sich handle, wurde abwechselnd grau und gelb im Gesicht. Seine Hände zitterten, als er Rock und Mantel aus dem Spind nahm, und seine Beine schlotterten wie bei einem Rückenmärker, während er, von den Beamten etwas gestützt, die Treppe hinunterwankte.

In dieser Verfassung hätte jeder Unbefangene den sonst so hochmütigen Herrn Doktor für einen Menschen mit schwer belastetem Gewissen gehalten.

Erst auf der Straße, als er sah, wie die Hausbewohner ihn neugierig betrachteten, besann er sich wieder auf sich selbst. Mit scheinbar gleichgültigster Miene, als ob es sich um eine Spazierfahrt handle, stieg er elastisch in das Automobil, mit dem die Beamten zu seiner Abholung gekommen waren, und in einer Viertelstunde befand er sich in einem besonderen Zimmer des Polizeipräsidiums.

Alle Personen, die wegen Schleichhandels sistiert werden, gelangen in diesem Raum zur Untersuchung, ob sie derartige Ware bei sich führen.

Dem Dr. Grellnick erging es ebenso, nur daß die Behörde mit ihm in zeitgemäßer Weise verfuhr. Man beschränkte sich nicht mehr auf eine plumpe und zeitraubende Durchsuchung der Taschen eines Verdächtigen, sondern zog es vor, sich ganz unauffällig eines Durchleuchtungsapparates zu bedienen.

Während der Chemiker nun auf einem bereitgestellten Stuhl saß und die Fragen eines Wachtmeisters nach seinen Personalien und den geschäftlichen Beziehungen zu den verhafteten Agenten beantworten mußte, öffneten sich geräuschlos die Türen eines Wandschrankes. Metallene und gläserne Röhren, Leitungsdrähte und Glühbirnen wurden sichtbar; eine leichte Umdrehung an einem Schalter, und sofort verbreitete sich ein bläuliches Licht hinter dem Rücken des nichtsahnenden Dr. Grellnick.

Der Beamte, der den Apparat bediente, ein Polizeiingenieur der technischen Abteilung, blickte prüfend mit peinlicher Sorgfalt auf eine Glasplatte an der inneren Wand einer Schranktür, auf die sich das stark verkleinerte, durch einen Reflektor zurückgeworfene Röntgenbild der durchleuchteten Persönlichkeit zeigte.

Das geübte Auge des Ingenieurs konnte lange nichts Verdächtiges erblicken, bis ein kleiner länglicher Fleck in der Halsgegend immer wieder seine Aufmerksamkeit und Verwunderung erregte. Um eine Krawattennadel oder einen Knopf konnte es sich schon der merkwürdigen Form wegen nicht handeln; außerdem waren alle Knöpfe des Kragens und der Hemden sichtbar. Der Beamte entschloß sich daher, diese sonderbare Stelle unauffällig eingehender zu untersuchen.

Nachdem der Strom ausgeschaltet und der Wandschrank wieder geschlossen war, trat der Polizeiingenieur an Dr. Grellnick heran und ersuchte ihn, sich in einem Nebenzimmer zu entkleiden, da eine Leibesvisitation gemäß den behördlichen Vorschriften stattzufinden habe.

Der Chemiker stutzte einen Augenblick, folgte dann aber willig, betrat mit den beiden Beamten den angewiesenen Raum und begann sich rasch zu entkleiden. Zuerst legte er Halskragen und Krawatte auf den Tisch, und während er Rock und Weste auszog und sich beeilte, auch die übrigen Sachen abzulegen, betastete der Ingenieur unauffällig die Krawatte und entdeckte an der Innenseite, sinnreich befestigt, eine kleine metallene Kapsel, die bei näherer Prüfung ein weißliches geruchloses Pulver enthielt.

Der gewiefte technische Kriminalist erkannte sofort, daß es mit diesem an einer außergewöhnlichen Stelle verborgenen Gegenstand eine besondere Bewandtnis haben müsse. Er nahm die Kapsel deshalb in Verwahrung, und da der eigentliche Zweck des

Entkleidungsverfahrens erreicht war, - es handelte sich lediglich um die Auffindung der geheimnisvollen Stelle des Röntgenbildes - so wurde Dr. Grellnick weider aufgefordert, sich anzuziehen.

Nach einer weiteren kurzen Vernehmung über den Vertrieb der Gifte, wobei der Laboratoriumsbesitzer sich in raffiniertester Weise bemühte, alle Schuld auf seine Zwischenhändler abzuwälzen, wurde er entlassen.

Die eigenartige Kapsel gelangte sofort in die Hände des Dezernenten, der gerade in diesem Augenblick mit dem Detektiv Dörries über weitere Maßnahmen zur Unterdrückung des gefährlichen Schleichhandels konferierte.

Als der Detektiv von dem seltenen Fund erfuhr, riet er zur Vorsicht, denn zweifellos enthalte die Büchse ein gefährliches Gift, was schon an der geringen Menge zu erkennen sei. Der Dezernent war der gleichen Ansicht und meinte, Dr. Grellnick habe ein solches Präparat wahrscheinlich immer bei sich getragen, um in einem gegebenen Augenblick seinem Leben ein Ende zu machen. Der Detektiv Dörries lächelte über diesen trockenen Optimismus, wie er die Ansicht des Kommissars bezeichnete.

„Das werden wir morgen ganz genau wissen“, erwiederte der Dezernent und beauftragte den diensthabenden Wachtmeister, sich sogleich zu dem Polizeichemiker Professor Emmerich zu begeben und ihn zu bitten, innerhalb vierundzwanzig Stunden ein Gutachten nebst Analyse über den Inhalt der Kapsel anzufertigen und sich möglichst persönlich um dieselbe Zeit im Polizeipräsidium einzufinden.

Zur festgesetzten Stunde waren die an der Sache

interessierten Beamten im Dezernatszimmer versammelt, auch der Detektiv Dörries kam bald hinzu, aber der Polizeichemiker wurde vergebens erwartet.

Endlich, mit einer Verspätung von annähernd einer Stunde, betrat der Professor in erkennbarer Erregung und fast außer Atem das Zimmer, wischte sich, ohne auf die Begrüßung der Anwesenden einzugehen, den Schweiß von der Stirn, warf seine Aktentasche auf einen Stuhl und sagte in einem Tone, der Verzweiflung und Hilflosigkeit ausdrückte: „Meine Herren, mit dem weißen Pulver in dem kleinen Behälter haben Sie mir eine seltsame Nuß zu knacken gegeben. Kein Chemiker ist imstande, das Zeug zu analysieren, und alle Kollegen, die ich in Eile zu Rate zog, stehen ebenso vor einem wissenschaftlichen Rätsel wie ich. In meiner ganzen Praxis ist mir etwas Derartiges noch nicht vorgekommen. Mein Laboratorium glich einer Gelehrtenkonferenz, soviele hervorragende Vertreter der Wissenschaft habe ich zusammengerufen, unter ihnen auch Physiker und Mediziner, da ich mit meinem Latein zu Ende war!"

Der Professor setzte sich endlich auf den für ihn bereitgehaltenen Stuhl, während die Anwesenden, sprachlos vor Verwunderung und Spannung, ungeduldig darauf warteten, daß der Polizeichemiker seine Erklärung zu Ende führe. Professor Emmerich entnahm seiner Aktentasche einige Konzeptbogen und setzte seinen Vortrag mit einer bezeichnenden Handbewegung fort, indem er ruhig sagte:

„Unter diesen Umständen müssen Sie schon auf mein Gutachten verzichten, meine Herren! Was ich Ihnen noch zu berichten habe, bezieht sich lediglich auf objektive Feststellungen. Wenn Ihnen das genügt, dann mögen Sie meine Bemühungen verwerten, wie es Ihnen beliebt. Die giftigen Eigenschaften des Präparats sind außer Frage. Es handelt sich sogar um ein ganz besonders schnell wirkendes Gift. Die Versuche an Mäusen haben ergeben, daß ein winziges Quantum genügt, um die Tiere blitzartig vom Leben zum Tode zu befördern; und das Seltsame ist, daß die Leichen sofort erstarren. Eine Blutuntersuchung der Versuchstierchen ergab, daß das Gift die sofortige Erstarrung des Blutes bewirkt, daß aber von dem todbringenden Präparat, wie sonst bei fast allen bekannten Giften, nicht die geringste Spur im Blut nachzuweisen ist. Wir haben alle erdenklichen Reaktionsversuche unternommen, aber erfolglos. Ich möchte daher zusammenfassen: Das mir zur Prüfung und Analysierung überreichte weiße Pulver in einem kleinen Blechbehälter ist ein ganz besonderes, bisher in der Wissenschaft noch unbekanntes Gift von außerordentlicher Wirksamkeit!"

Jetzt sprang der Detektiv Dörries, der den Ausführungen des Professors mit fieberhafter Spannung gefolgt war, von seinem Sitz in die Höhe und rief den Anwesenden in höchster Erregung zu: „Meine Herren, was wir soeben vernommen haben, ist eine Entdeckung von schwerwiegender Bedeutung, die Aufklärung eines geheimnisvollen Verbrechens, das vor einiger Zeit ganz Berlin beunruhigt hatte. Sie werden sich wohl alle noch erinnern, daß in einer Tanzdiele am Kurfürstendamm ein wohlhabender Amerikaner plötzlich vom Stuhl fiel und eine Leiche war. Die Obduktion ergab damals dieselben Merkmale, die der Herr Professor jetzt bei den Versuchstierchen feststellen konnte. Damals wurde die junge

Dame, die sich in Begleitung des Amerikaners Milner befand, unter Mordverdacht verhaftet, vor kurzem hat man einen Architekten festgenommen, einen Jugendfreund dieser Dame, die selbst sehr vermögend ist, in der Annahme, der junge Mann habe die Tat aus Eifersucht begangen. Inzwischen hat sich Dr. Grellnick mit der Dame verlobt. Morgen soll die Hochzeit stattfinden. Meine Herren, ich behaupte, daß Dr. Grellnick, bei dem man das seltsame Gift gefunden hat, der Mörder des Amerikaners Milner ist, und ersuche Sie, dem sauberen Herrn die gebührenden Flitterwochen zu bereiten!"

Eine allgemeine Unruhe entstand. Alle Anwesenden erhoben sich und tauschten ihre Gedanken aus. Man hatte allgemein den Eindruck, daß man vor einem bedeutsamen kriminellen Ereignis stand. Kriminalkommissar Vollmer, der die Ermittlungen in der Mordsache leitete, wurde herbeigerufen. Er zeigte sich anfangs etwas skeptisch und meinte, daß auch verschiedene Gifte gleichmäßig wirken könnten, und daß er das Präparat vielleicht nur aus persönlichen Gründen bei sich getragen habe. Ein Verbrecher dieser Art wäre zweifellos darauf bedacht gewesen, ein so merkwürdiges Gift vor jeder Entdekkung zu bewahren oder dauernd zu vernichten. Außerdem fehle es bei dem Chemiker an einem Beweggrund zur Tat.

Der Detektiv bemühte sich, in langen Ausführungen die Bedenken des Kommissars zu beseitigen. Er gab aufgrund seiner Nachforschungen ein wenig schmeichelhaftes Bild des Verdächtigen und wies darauf hin, daß bei einem so gewissenlosen Manne wie Dr. Grellnick, der sich trotz seiner gewagten Geschäfte ständig in Geldverlegenheit befinde, der Antrieb zu einem Verbrechen stets gegeben sei.

Die anwesenden Kriminalisten teilten diese Meinung, und Kriminalkommissar Vollmer entschloß sich, unverzüglich mit dem Untersuchungsrichter und der Staatsanwaltschaft in Verbindung zu treten und über die zu ergreifenden Maßnahmen zu beraten.

Am nächsten Tag hatte die Eheschließung zwischen Fräulein Hilma Stephany und Dr. Grellnick in aller Stille stattgefunden. Außer den Zeugen war niemand anwesend.

Das Paar verbrachte den Nachmittag allein in Potsdam und kehrte erst am späten Abend nach Hilmas Wohnung, die zu einem gemeinschaftlichen Hausstand hergerichtet war, zurück.

Die beiden befanden sich bereits im Schlafzimmer und rüsteten sich zur Nachtruhe. Dr. Grellnick, der sich während des ganzen Tages ernst und nachdenklich zeigte, begann erst jetzt etwas zärtlicher zu werden, ohne freilich die stürmische Leidenschaft eines jungen Ehemannes zu erreichen! Plötzlich klingelte es an der Haustür. Das Mädchen öffnete. Dr. Grellnick lauschte auf und erfuhr nach wenigen Sekunden, daß vier Herren ihn im benachbarten Eßzimmer erwarteten.

Polternd verließ er das Schlafgemach, um den Ruhestörern schimpfend entgegenzutreten, aber kaum hatte er die Schwelle zum Speisezimmer überschritten, als ihm die Worte in der Kehle stecken blieben, denn er erkannte in den anwesenden Herren den Kriminalkommissar Vollmer und seine Beamten.

Hilma war ihrem Ehemann sofort gefolgt, so daß

sie die Worte des Kommissars noch vernehmen konnte: „Ich bin beauftragt, Sie wegen Mordverdachts zu verhaften. Kleiden Sie sich an und folgen Sie uns!“

Der Chemiker taumelte wie ein Trunkener, seine Arme suchten tastend nach einem Stützpunkt, bis er ächzend auf einem Stuhl zusammenbrach.

„Ich unter Mordverdacht?!“ stöhnte er, und seine flehenden Blicke trafen den Beamten wie eine bittende Frage.

„Ich bin nicht befugt, Ihnen Kenntnis von dem Inhalt der Akten zu geben“, erwiderte der Beamte nüchtern, „Sie werden wohl am besten wissen, um was es sich handelt, denn dasselbe Gift, mit dem der Amerikaner Milner umgebracht wurde, hat man bei Ihnen an einer verborgenen Stelle gefunden. Es hat übrigens keinen Zweck, daß wir uns hierüber unterhalten. Der Haftbefehl, den der Untersuchungsrichter selbst unterzeichnet hat, steht Ihnen zwecks Einsicht zur Verfügung. Also bitte, beeilen Sie sich mit Ihrer Toilette und folgen Sie uns!“

Dr. Grellnick stieß einen heulenden Ton aus wie ein zu Tode verwundeter Tiger, und ebenso katzenartig wand er sich auf seinem Stuhl.

„Ich bin verloren!“ röchelte er, „alles aus!“

Hilma hatte sich schon bei den ersten Worten des Kommissars am Türpfosten festhalten müssen, da sie zusammenzubrechen drohte. Jetzt wankte sie auf Dr. Grellnick zu, brach aber vor seinem Stuhl zusammen und schrie, die Hände zu ihm erhoben: „Heinz, was hast du getan, - du der Mörder eines Menschen, des armen - armen Milner!“

Eine Nervenkrise überfiel die junge Frau; sie

schluchzte und jammerte herzzerreißend. Sei es nun, daß der bedauernswerte Zustand Hilmas dem Chemiker unerträglich war oder daß er weiteren Fragen ausweichen wollte, jedenfalls bemühte er sich jetzt, wieder auf die Beine zu kommen, indem er sich unter Aufbietung aller Kraft in die Höhe reckte und aufstand.

Hilma wurde durch diese Bewegung aus dem Jammer gerissen, sie umklammerte seine Knie und rief in wahnsinniger Verzweiflung: „Ich lasse dich nicht von mir gehen, Heinz, bis du mir nicht sagst, was dich zu jener feigen Tat veranlaßte. Wie Schuppen fällt es mir von den Augen, ich sehe dich in einer anderen Gestalt, als du mir bisher erschienen, - du ein Mörder, ein Giftmörder, ein Verbrecher. Gestehe vor der Allmacht Gottes, was dir der Satan eingegeben, daß du einen harmlosen Menschen, meinen Freund und Helfer, umgebracht, und mich, mich armes beklagenswertes Weib hast du an dich gefesselt, um auch mich - zu töten, Verruchter!"

Dr. Grellnick rührte sich nicht. Sein Gesicht war schweißgebadet, die Augen halb geschlossen zu Boden gesenkt.

Da zuckte es wie eine elektrische Entladung durch seinen Körper, der Kopf fuhr mit einem Ruck in die Höhe, seine Lippen öffneten sich und sprachen kalt und heiser:

„Ein Feigling bin ich nie gewesen, das weiß der Teufel. Mein Leben ist vernichtet. Bevor ich von dir gehe, Hilma, will ich dir die Wahrheit gestehen, weshalb ich dir meine Liebe geopfert habe. Ich wollte eine unbedachte Tat dadurch sühnen, daß ich dir mein Leben weihte. Es sollte nicht sein. Und so wisse denn, daß Milner nur ein unschuldiges Opfer der Verwechslung geworden ist. - Als du die Erbin meines Urgroßvaters wurdest, befand ich mich in größter Geldnot und glaubte überdies, daß ich benachteiligt worden sei, weil mir nicht einmal ein Legat ausgesetzt worden war. Ich haßte dich damals und trachtete dir nach dem Leben, weil ich als einziger Sprößling der Familie dann die Erbschaft des Urgroßvaters hätte antreten können und außerdem auch dein Vermögen mir noch zugefallen wäre. Ich folgte deinen Spuren, sah dich mit dem Amerikaner in der Tanzdiele bei einer Tasse Schokolade, - ein Gedanke blitzte in mir auf -, unbemerkt schüttete ich das Gift in deine Tasse, während du dich im Walzertakt wiegtest, - ihr kamt zurück an euren Tisch, wechseltet die Plätze, - Milner trank aus deiner Tasse, - und es war geschehen. - Meine Herren, walten Sie Ihres Amtes!"

Hilma, die wie geistesabwesend mit weit geöffnetem Mund und entsetzten Blicken zugehört hatte, fiel jetzt mit einem kreischenden Aufschrei der ganzen Länge nach auf den Teppich.

Die Begleiter des Kommissars ergriffen Dr. Grellnick und versuchten, ihm Handschellen anzulegen. „Nicht doch!" wehrte er zynisch ab, „bemühen Sie sich nicht, meine Herren, ich gehe dem Verderben kalten Blutes entgegen. Mein Leben war ein Rausch, ich quittiere jetzt darüber...!"

Die Beamten ließen ihn nicht weiter sprechen, nahmen ihn in ihre Mitte und drängten ihn zur Tür hinaus.

Vorher warf Dr. Grellnick noch einen Blick auf seine ohnmächtig daliegende Frau, um die sich das

Hausmädchen eifrig bemühte, aber seine Züge blieben starr, - kein Mitleid, - kein freundliches Wort, - kein Abschiedsgruß.

Mit Hilfe eines herbeigerufenen Arztes konnte Hilma wieder ins Leben zurückgerufen werden, sie verfiel dann in Schreikrämpfe und mußte noch längere Zeit das Bett hüten.

Das tragische Ereignis erschien ihr wie ein schrecklicher Traum. Sie fühlte sich überall verfolgt, sah in jedem Gefäß einen Giftbecher, zuckte zusammen, wenn sie Tritte vernahm, und glaubte sich dauernd beobachtet von den schweflig feurigen Augen eines Mörders, mit dem sie den Ehebund geschlossen.

Dr. Grellnick legte vor dem Untersuchungsrichter ein offenes Geständnis ab und enthüllte auch in einer Niederschrift das Geheimnis des sonderbaren Giftes, das er Heptalamin nannte. Bei seinen chemischen Versuchen habe er entdeckt, daß die Alkoloide des Hyoscyamus durch Übersättigung und Ammoniak und Chloroform sich außerordentlich verstärken lassen, und es sei ihm durch Auswaschung mit Petroleumäther auch gelungen, die Substanz geschmack- und geruchlos zu machen. Unbemerkt habe er diese Versuche in Verbindung mit Experimenten an Meerschweinchen in den Nachtstunden fortgesetzt, bis er endlich den verblüffend hohen Grad der Giftwirkung und dessen sofortige Verflüchtigung erreicht hatte.

Der Chemiker sühnte sein Verbrechen durch einen plötzlichen Tod. Die Aufregung bei der Verhaftung und die noch stärkeren seelischen Erschütterungen in der Voruntersuchung nahmen dem seit

Jahren geschwächten Körper den letzten Rest der Widerstandskraft.

Man fand ihn zwei Tage nach seinem Geständnis tot in der Zelle liegen. Ein Blutsturz hatte seinem Leben ein Ziel gesetzt.

Zu gleicher Zeit, als die Nachricht von dem plötzlichen Ende ihres Gatten eintraf, empfing Hilma auch die Mitteilung von der Freilassung ihres Jugendfreundes Holdtmann. Ebenso kam ein Brief des Rechtsanwalts Dr. Adler mit einer Liquidation für seine Bemühungen. Es ergab sich hieraus, daß Dr. Grellnick die seiner Zeit von Hilma als Vorschuß für den Rechtsanwalt verlangten fünfzigtausend Mark für sich verwandt hatte.

Unter dem Eindruck dieser verschiedenartigen Neuigkeiten war die Wirkung der Todesnachricht auf Hilma keine tiefgründige.

Nach der Verhaftung ihres Ehemannes, dem sie nur in äußerer Form, aber nicht im natürlichen Sinne ehelich verbunden war, fühlte sie sich wie von einem Alpdruck befreit, weil die dämonische Macht seines Willens den suggestiven Zwang auf ihre eigene Willenskraft nicht mehr ausüben konnte. Und ihr befreites Gemüt nahm das tragische Ende des satanischen Mannes wie einen Geißelhieb der Vorsehung auf, als Schicksalssühne für ein Sündenleben.

Während dieser allmählichen Läuterung des beschatteten seelischen Gleichgewichts bis zu seiner früheren mädchenhaften Reinheit und Beständigkeit, erschien Werner Holdtmann in ihrem Heim, um seine Freude über die glückliche Wendung der Dinge und zugleich seinen Dank für Hilmas Freundschaftsdienste zum Ausdruck zu bringen.

Für Hilma selbst glich der Besuch des Jugendfreundes dem ersten Sonnenstrahl nach langer Winternacht.

Eine wohlige Wärme durchströmte ihren Körper, ihr Gesicht rötete sich vor innerer Erregung, und ihre von der Tränenflut getrübten Augen bekamen plötzlich wieder den Glanz der Lebensfreude.

Man sprach von dem Schicksal, das die Menschen leitet wie willenlose Marionetten, auf geraden und krummen Wegen, auf schmalen, mit Dornengestrüpp eingefaßten Pfaden unter blutenden Wunden, durch finstere Tiefen, die kein Mensch geahnt, bis zum Sturz in den Abgrund der Vernichtung.

Werner Holdtmann und Hilma Stephany saßen lange im Dämmerlicht an demselben Teetisch, an dem Dr. Grellnick durch die Macht seiner Beredtsamkeit das weiche Herz des Mädchens zu rühren verstand und die Einwilligung zu einer Eheschließung erwirkte, die nur Betrug und Täuschung war.

Die beiden Jugendfreunde hielten ihre Hände ineinander verschlungen. Was seit den ersten Jahren der erwachenden Reife den Grundstein zu einer innigen Geselligkeit gelegt hatte, war durch gemeinsames Leid zu einer tiefen Neigung emporgewachsen, ohne bisher in Worten Ausdruck zu finden.

Und während die Pulse ineinanderflossen zu einem gemeinsamen Schlag der Herzen, trieb es den Architekten, dem inneren Drang nach Befreiung seines bedrückten Gemüts zu folgen und Hilma seine Empfindungen zu offenbaren. „Unser jetziges so innig-trautes Beisammensein“, begann er etwas schüchtern und mit einem fast mädchenhaften Augenniederschlag, „erinnert mich zu sehr an glücklich verbrachte Stunden unserer Jugendzeit. Wir waren von jeher ein Herz und eine Seele. Die Unrast der Großstadt, meine berufliche Ausbildung und deine Entwicklung zum Weibe haben uns zwar zeitweise etwas auseinandergebracht; aber du kannst mir glauben, Hilma, daß sich meine Jugendneigung zu dir im Laufe der Jahre, tausendfach verstärkt, zu einer unbändigen Leidenschaft entfaltet hat, die ich in mir herumgetragen habe, ohne je einem Menschen von meinen Seelenqualen Kenntnis zu geben!“

Holdtmann verspürte den kräftigen Druck einer heißen Hand. Es war ihm dies ein solches Gefühl beseligenden Glückes, daß er einen Augenblick innehielt, um diese nie empfundene Wonne zu genießen.

Dann fuhr er mit bewegter, von verhaltener Leidenschaft erzitternder Stimme fort: „Siehe, Hilma, es wäre zu schön gewesen, wenn wir unseren Lebensweg gemeinsam fortgesetzt hätten. Ich habe es nie gewagt, dir meine Liebe zu gestehen, weil ich fürchtete, du würdest mich meiner Armut wegen zurückweisen; aber glaube mir, Reichtum der Seele wiegt schwerer als Gold. Ich kann meinen Schmerz nicht länger eindämmen, die Sehnsucht nach dir verbrennt mein Gehirn. Ich fürchte, wir sehen uns heute das letzte Mal, denn...!“

„Hör' auf, Werner, hör' auf!“ stöhnte Hilma und warf sich an die Brust ihres Jugendfreundes, „ich kann deine quälenden Worte nicht länger ertragen, du marterst mich zu Tode! Warum hast du nicht früher gesprochen, du schweigsamer Dulder, wie konnte ich ahnen, daß meine Liebe zu dir, so glühend erwidert wurde, während ich im Geheimen schon längst die deine war! Aber ich fürchtete, dein schwärmerisch-idealer Sinn habe in mir das rechte Weib nicht erkannt. Erst als ich in der Gefängniszelle einen Hauch deiner Liebe verspürte, da wußte ich, daß meine Sinne mich irregeführt. Es war zu spät. Not und falsches Ehrgefühl zwangen mich auf einen anderen Weg. Eine höhere Gewalt hat den Knoten seelischer Verwirrung wieder gelöst. Ich bin frei und rein wie ehedem und würdig, dein Weib zu sein!“

Holdtmann schwieg. Er hielt die Geliebte, die er von Jugend an ersehnt, endlich in seinen Armen und küßte ihren Mund mit der Glut einer seit vielen Jahren genährten und gefesselten Leidenschaft.

Die Dämmerung war dem Dunkel der beginnenden Nacht gewichen. Der Mond tastete mit seinem bleichen Licht im Zimmer umher und fand ein glückliches Paar noch immer innig umschlungen.

Karnevalszeit. Vermummte Gestalten. Leute, die ein falsches Gewand angezogen, um ihre eigentliche Nichtigkeit zu verbergen, Laster mit dem Schein der Tugend zu verdecken. - Heuchler des Lebens.

In der Tanzdiele am Kurfürstendamm schluchzen die Geigen, hämmert das Klavier. Tänzerpaare im Mummenschanz wiegen sich in grotesken Bewegungen im Dämmerlicht der bunten Lampen.

Stommel, der ehemalige Barbier, sitzt an einem Tisch in Gesellschaft ausgelassener Halbweltdamen und deren Liebhaber. Er ist elegant gekleidet wie ein fürstlicher Kavalier und läßt sich „Herr Baron“ titulieren, denn nach den verbüßten Gefängnisstrafen war ihm ein ergiebiger Fischzug gelungen. Die

Sektpfropfen knallen, und die Geldscheine fliegen zuhauf. Alles lacht und scherzt und singt, und die Paare schwingen sich stumm im Sinnenrausch. Der Karneval des Lebens.

Nur ein glückliches Paar, Werner Holdtmann und Hilma Stephany, hat sich aus dem Sumpf der Großstadt auf ein sonniges Eiland hinübergerettet.

Die anderen droht die Welle des Verhängnisses in jeder Minute zu verschlingen.

ENDE

Zum Autor

Adolf Sommerfeld ist heute in keinem der einschlägigen Handbücher und Nachschlagewerke zu finden. In den Autorenverzeichnissen der Zeit wird er erstmals 1913 genannt, letztmals 1932. In dem Verzeichnis von 1934 weist ein redaktioneller Hinweis darauf hin, daß Adolf Sommerfeld die ihm unter der vordem bestehenden Adresse in Berlin-Lichterfelde-Süd zugesandte Post nicht beantwortet habe.

Die Angaben zur Person beruhen auf eigenen Angaben Sommerfelds. Danach wurde er am 13. Juli 1870 in Schroda, Provinz Posen, geboren. Als Autor wandte er sich der Politik (Zeitgeschichte) sowie der Belletristik zu, schrieb Übersetzungen aus dem Italienischen, Französischen und Spanischen. Neben seiner schriftstellerischen Arbeit war er als Dramaturg, Drehbuchautor und Filmregisseur tätig.

Seine erste Veröffentlichung brachte 1896 der E. Pierson's Verlag in Dresden heraus. Unter dem nur dieses eine Mal verwendeten Pseudonym Adolf Borchardt erschien eine Schrift unter dem Titel „Nieder mit der bildenden Kunst!" Seine schriftstellerische Tätigkeit ist mit ersten Veröffentlichungen in den Jahren 1911/12 vermerkt. Sommerfelds letzte nachweisbare Veröffentlichung ist „Zeitgemäße Wahrheiten" von 1933, wo der Autor sich Adolf Titus Johannes Maria Sommerfeld nennt. Wohl ein Versuch, sich der „neuen Zeit" anzupassen.

Verschiedene Indizien weisen auf eine jüdische Abstammung Adolf Sommerfelds, auch das abrupte Ende seiner Publikationstätigkeit und die Nicht-mehr-Nennung in späteren Autorenverzeichnissen.

An entlegener Stelle findet sich ein einzelner Hinweis, daß Adolf Sommerfeld am 3. Dezember 1943 verstorben sei, Sterbeort ist nicht genannt und läßt an eine bestimmte Möglichkeit denken.

(Für die Recherche ist dem O. Gracklauer Verlag/Bibliographische Agentur, Berlin, zu danken.)

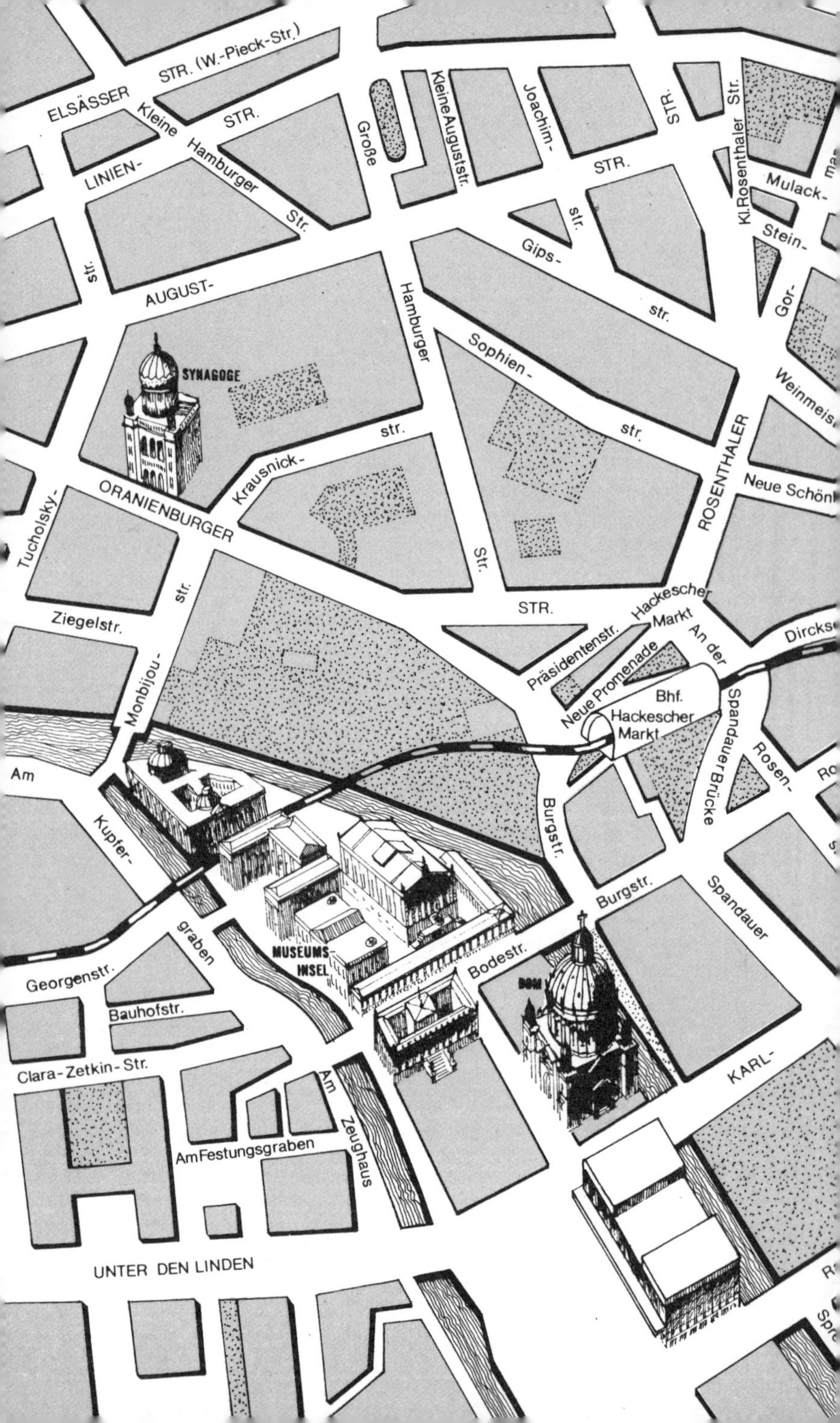
ELSÄSSER
STR. (W.-Pieck-Str.)
Kleine
Hamburger
Str.
LINIEN-
STR.
Große
KleineAugustst r.
Joachim-
str.
STR.
STR.
Kl.Rosenthaler
Str.
Mulack-
Stein-
Gips-
str.
AUGUST-
str.
Hamburger
Str.
Sophien-
str.
Gor-
SYNAGOGE
Krausnick-
str.
ORANIENBURGER
STR.
Tucholsky-
str.
ROSENTHALER
Neue Schönh
Ziegelstr.
Monbijou-
str.
Hackescher
Markt
Präsidentenstr.
Neue Promenade
An der
Spandauer Brücke
Bhf.
Hackescher
Markt
Am
Kupfer-
graben
Burgstr.
Burgstr.
Spandauer
Rosen-
MUSEUMS-
INSEL
Bodestr.
DOM
Georgenstr.
Bauhofstr.
Clara-Zetkin-Str.
Am
Zeughaus
AmFestungsgraben
KARL-
UNTER DEN LINDEN